「たまらないんだ。保穂。君がいやらしくて」

「そんなことっ……いわな、い……んっ、んっ」

腰を行ったり来たりさせ、ずくずくと保穂を苛んだ。

ときには汗ばんだ肌を寄せ合い、
くちびるを重ねて唾液を絡ませる。

ラルーナ文庫

孕《はら》ませの神剣
～碧眼の閨事《ねやごと》～

高月紅葉

三交社

CONTENTS

Illustration

青藤キイ

孕ませの神剣
～碧眼の閨事～

本作品はフィクションです。
実際の人物・団体・事件などにはいっさい関係ありません。

1

古くを遡《さかのぼ》れば限《きり》がない。

これらの土地が『佐吉多万《さきたま》』と呼ばれるよりも昔、山の神を畏《おそ》れた人々により建てられた小さな社《やしろ》が、平坂《ひらさか》家が代々に亙《わた》って奉仕を続けている八十矛《やそほこ》神社の前身である。

神仏習合が新政府によって禁止され、祀《まつ》られている三柱はそれぞれ名を変えた。

町はずれに建てられた一の鳥居を抜け、常夜灯の並ぶゆるやかな坂の先に二の鳥居が見える。そこまで行けば、鬱蒼《うっそう》とした鎮守の森も本殿の後ろで控える木々に過ぎない。

初夏の風が、樟《くすのき》の葉を揺らし、東から差し込む太陽の光をちらちらと玉砂利に遊ばせる。

縁日でもなければ静かな境内で、平坂家の次男坊・保穂《やすほ》は、いつものように濃紺の袴《はかま》姿で箒《ほうき》を動かしていた。

艶々《つやつや》とした黒髪は絹糸のように柔らかく、男にしては白い肌に血色のいいくちびるが目立つ。本人は女のようだと気にしているが、傍《はた》で見ている分には小気味がいいほどの美形だ。育ちの良さが表れた姿勢は、剣術の道場通いの賜物《たまもの》でもあり、彼の機敏さや慎重さにも影響している。

軽妙な箒さばきにつれて、木綿の袖が揺れ、影がふわりふわりと動く。その影を両足で踏もうとして、小さな壱太郎《いちたろう》が飛び跳ねた。

「こら、壱。転んでしまうよ」

まだ四つになったばかりの幼い子がすることだ。本人は両足を揃《そろ》えているつもりでも、てんでバラバラ。右足が左足を追い、左足が右足を追うさまは、おかしな踊りのようにしか見えなかった。

「やめないか。もう」

笑いながら手を伸ばすと、猫のように身をよじらせて逃げていく。白い絣《かすり》の着物の腰上げを押さえるように巻いた兵児帯《へこおび》が、元気いっぱいに揺れ動き、保穂の胸の奥をかすかに締めつけた。

感情を振り払って追いかけ、両手で捕まえる。

小さな身体《からだ》を抱きあげて、ぐるりと振り回した。三つ身の着物を仕立てたのは、壱太郎の母だ。背縫いには一つ身の頃と変わらず、籠目《かごめ》の背守りが刺してある。

「兄《あに》しゃま！　ととしゃま、おいでよ」

保穂の憂いなど知らぬ素振りで、腕の中の壱太郎が暴れ回る。砂利の上に降ろしてやると、ぴんと背を立てた。

鳥居の向こうから歩いてきた白衣に藤色の袴をつけた男が、二人に気づいてにこりと笑う。

「おはよう、ごじゃいますぅ！」

誰《だれ》よりも先に、壱太郎が声を張り上げる。一所懸命すぎて語尾の上がるのが愛らしく、聞き終えてから保穂も頭を下げた。

「おはようございます」

「はい、おはようございます。お二人とも、朝から元気のよろしいようで」

八十矛神社の神主であり、平坂家の長男でもある友重《ともえ》は、かつ壱太郎の父親でもある。柔らかな面立ちが表す通りの穏やかな人格者だ。弟の保穂とは八つ歳《とし》が離れている。

「壱太郎さん、朝餉《あさげ》はたくさん召し上がられましたか」

離れた場所から声をかけられ、壱太郎は身体の両脇《りょうわき》にぴったりと腕を揃えた。

「はい！　おいしく、いただきました」

「それはよかったですね」

父親に微笑《ほほえ》みかけられた壱太郎の頬《ほお》に赤みが差す。照れたようにはにかみ、着物の裾《すそ》をぎゅっと摑《つか》んだ。その手に、保穂と友重の視線が走った。

小さな手は肉づきもよくふくよかで、肌はすべすべとしている。だが、それは左手だけのことだ。壱太郎の右手の甲には肌を覆うようにして引きつれた傷跡がある。それは袖の奥へと伸び、肘《ひじ》を超えて肩まで続いていた。

「兄さん、話があります」

保穂が口を開くと、友重が腰を元に戻した。朝の挨拶《あいさつ》を終えた壱太郎は、姿勢を正すのに飽きた様子で倒れた箒の方へと走っていく。

「変わりはないか」

我が子を目で追った友重の声が、ほんのわずかな気鬱に沈む。

「壱は元気ですよ」

やんちゃな子供を肩越しに振り返る保穂に、

「あの子が、あぁして笑ってくれるのも、おまえがいてくれるからだな」

友重は苦々しく眉《まゆ》をひそめて言った。

「何をおっしゃいますか」

振り向いて、保穂は眉を吊《つ》り上げる。

壱太郎の実の親である友重とその妻・津也子《つやこ》は、故あって我が子に触れることができない。

壱太郎の小さく細い右腕を覆っている傷、正しくは傷のように見える痣《あざ》がその理由だった。

「壱太郎が元気なのは、兄さんと義姉《ねえ》さんの愛情があってこそです」

保穂ははっきりと口にする。

「刀剣の噂《うわさ》を、半兵衛《はんべえ》さんが街で聞いたそうです」

続けた言葉で、友重の目に力が戻った。

「骨董《こっとう》屋のようですから、昼前に行って確かめてきます。今度こそ間違いありません」

視線を交わし、力強く言った後で壱太郎を見た。

見よう見まねで箒を使う壱太郎は、どうしても自分の足を掃いてしまう。箒の先を踏み、舌ったらずな口調で何やら文句をつけている。

「おやおや、箒相手にお説教とは」

友重の笑い声につられ、保穂も肩をすくめた。小さな身体に背負った苦難を微塵《みじん》も感じさせない壱太郎の健やかさが二人の胸に重くのしかかる。

見た目は他の子供たちとどこも変わらない。なのに、壱太郎は輪に入ることさえできないのだ。

「保穂」

兄の声に、振り返る。

にこりとも笑っていない顔に、保穂はくちびるを引き結んだ。

樟の葉擦れの音が鈴の鳴るように聞こえ、兄から視線を転じる。その先には、やけに美しい空が見えた。

枝葉の隙《すき》に垣間見《かいまみ》える青は、まるで碧玉《へきぎょく》のように輝き、保穂の目を奪う。

「必ず見つけ出します。元は、ここの宝剣なんですから」

幼い壱太郎の腕にある痣。

それは、呪《のろ》いだ。かつて保穂と友重の間にいた幼い兄弟の命を奪い、二人の両親を道連れにした。

いつまでも見ていたい空から、保穂はまばたきひとつで顔を背ける。木々の葉を揺らす風の音が、どこか遠く聞こえた。


老舗《しにせ》の骨董屋ほど、店先は雑然としている。

新旧入り混じる瀬戸物を並べた棚に、鋳物が所狭しと並んだ棚。その裏手には古めかしい鎧《よろい》が埃《ほこり》をかぶっていた。

何度か訪れたことのある小さな店は薄暗く、それが骨董品の真贋《しんがん》を不明にさせる。それらしく描かれた掛け軸も、多くは写しの類《たぐい》だ。

維新の混乱以来、生活に窮した元武家が質に入れた刀剣や鎧、掛け軸などの多くが骨董屋へ流れていた。金目のものは、蔵や別の場所に保管されており、一見客が求めたところで簡単には出てこない。

あがりかまちに腰かけた保穂を前に、両膝《りょうひざ》を揃えた骨董屋の主人は盆のくぼへと手をやった。

「いやぁ、それが、売れてしまいまして」

「え？」

思わず拍子抜けする。しわだらけの顔をさらにくしゃくしゃにして、骨董屋は申し訳なさそうに肩をすくめた。

「つい昨日のことです」

「本日伺うと、お約束をしていたはずです」

毛羽立った畳に手のひらを押し当て、保穂はずいっと身を乗り出す。

「こらこら、壱坊。あれこれ触ったらいけません。こらこら、こらこら」

半兵衛のしわがれた声がして、これ幸いと、骨董屋の主人が店内へ向き直る。好奇心旺《おう》盛《せい》な壱太郎には、雑多に並べられた瀬戸物が珍しくて仕方がないのだ。少し伸びをしようと棚に摑まるだけでも危なっかしい。

「半兵衛さん。外で遊ばせてやってください」

「はいはい。そうしましょう」

やや腰の曲がった半兵衛は、氏子の一人だ。神社への奉仕として掃除などの雑務を手伝ってくれている。

子供のあしらいも上手く、壱太郎の親代わりを務める保穂の良き相談相手でもあった。

「ほぅい、壱坊。通りへ出ましょう」

さりげなく壱太郎の両手を摑み、腕を上げさせて戸口へ向かう。

「あにしゃまは？」

「お話があるんですよ」

「壱は、あにしゃまのそばがいい」

さ・し・すの発音が、しゃ・しゅ・しゅになる壱太郎の言葉は、愛らしい反面、保穂の悩みの種だ。厳しく直せばドモリが出ると聞き、いまのところは放ってあるが不安は拭《ぬぐ》えない。

故あって母親と一緒に過ごせない壱太郎だからこそ、その成長ぶりによっては母親である津也子に批判が集まる。平坂家の事情など他人にとっては関係のない話だ。

「壱。兄さまは、こちらとお話があります。しばらくは邪魔の入らぬよう、外で見張りをしておくれ」

「あい」

こくりとうなずいた壱太郎は、保穂の頼まれごとをやり遂げる覚悟を滲《にじ》ませ、小さな肩をいからせた。そのまま戸口の真ん前に立つ。

「困りますよ。商売にならないではありませんか」

声にこそ困惑を滲ませた骨董屋の主人も、小さな用心棒の背中に頰をほころばせる。

「よほど良い値がつきましたか」

保穂は出し抜けに聞いてみた。遠まわしにしていても、この場合は意味がないと思ったのだ。

「それが……。言い値の倍を出すと言われまして。こちらとしても、お約束がありますから。お断りはしたんですよ」

バカ高い言い値を吹っかけるのも、断りの方便だ。だが、あきらめると思った骨董屋のもくろみは嬉《うれ》しい誤算に化けたのだろう。

「そうなると、お相手はよほどのお大尽ですか」

「いやぁ、それが……」

骨董屋はまた首の後ろへ手をやった。

「異国のお方でねぇ。天をつくほど背が高くって、髪は金色、目玉は空色。あの目で見られては、いやはや、断るに断れませんよ」

その割に、値を吹っかける余裕はあったらしい。骨董屋はさらに続けた。

「こちらの言葉が、それはもうお上手でしたよ。県令の相談役として、異国の方がいらっしゃっておられるとか。そのお身内です」

「その方のお住まいは」

「え？」

「商品を届けましたよね？　どこにお住まいの、なんという方ですか」

「まさか。直談判《じかだんぱん》に行かれるわけじゃ……。ダメですよ。およしなさいよ。相手はご政府筋の関係者です。いくらなんでも」

「見せていただくだけです。我が家に伝わってきた刀剣でないのなら問題はありません」

「いや。でも。……それに違いなかったら……」

「お譲りいただきます」

保穂はぴしゃりと言った。骨董屋がひぇぇとみっともない声を上げて背を反らす。

「それは、それは、いけません。いけませんよ」

繰り言を続けるのは、代金を返す羽目になるのでは、と恐れるからだろう。そんなことは保穂の知ったことではない。

元より、盗難に遭った刀剣を探している旨は、それが神社への奉納品であることも含めて半兵衛から説明があったはずだ。

神社の名前や刀剣の由来は隠したが、引き取るための金も準備している。

しかし、骨董屋の言い値の倍で買っていったとなると厄介だ。

骨董屋を間に入れ、差額を返金させることで片がつけばいいが、一度は懐へ入れた金を商売人が簡単に返すとも思えなかった。

「きっと、お探しの刀剣ではありませんよ」

額の汗を拭《ふ》きながら、骨董屋が口早に言った。

「どうしてです」

「実は、あの刀剣、抜けないんです。中に刃があるかどうかもわかりません」

だからこそ、探し続けた刀剣である可能性が高いのだが、そこは言わずに骨董屋を見る。

「そんなものをよく売りましたね」

「装飾が良いとおっしゃられて……。それに、ここだけの話、いわくがあるんですよ。そういうものは、地のことを知らない方にお任せするのが」

「無責任な！」

わざとおおげさに叫び、保穂は畳にこぶしを振り下ろす。どんっと鈍い音が鳴った。

「県令さまのお客人に祟《たた》りものを売りつけるなんて、とんでもない！」

「いやいや、祟りだなんて、そんな……」

保穂の勢いに押された骨董屋は、真っ青になって震えあがる。

「違いますよ、違うんです。持ち込まれた方が、笑い話にそんなことを話していただけで、真《まこと》かどうか……」

「売ったお相手には、話したんですか」

「いや、その……」

骨董屋ははっきりしない。しどろもどろになった額に、大粒の汗が噴き出した。

「わかりました。僕が行って、様子を見てきます」

「もしも、お探しの刀剣だとしたら」

「買い値で戻していただけるように、交渉します。そのときは頂いた代金をきちんとお返ししてください。その上で、こちらが引き取ります」

「ええ。そんな……」

「先方に不幸が起こってからじゃ遅いんですよ。問題のあるものを、それと知って売ったとなっては……」

「あぁ……はい。では、こちらからご連絡して」

骨董屋がふらりと腰を上げる。

「よろしくお願いします」

保穂は両手を膝につき、静かに頭を下げた。


「それで、明日に？」

木陰に出されている茶屋の長椅子《ながいす》で、壱太郎の頭越しに半兵衛から問われた。

足をぶらぶらさせている壱太郎の手に、冷たいあめゆの入った湯呑《ゆのみ》を持たせながら保穂は答えた。

「はい。ぐずぐずしてはいられません。行ってきます」

「まさか、異人さんの手に渡っているとは……、厄介ですなぁ」

「でも、これが本物の『獅子吼《ししぼえ》』なら、是が非でも取り戻します」

いわくつきの刀剣を探し、これまでにもあちこちの骨董屋や地主を回ってきた。その中にはもしやと思えるものもあったが、そのどれもが保穂の期待には添わなかったのだ。

「それはまぁ、そうでしょうな」

半兵衛のしわがれた声が重くなる。

平坂家に代々伝わってきた『獅子吼』はただの刀剣ではない。

表向きは八十矛神社の社家だが、裏を返せば山岳信仰を基にした憑《つ》き物落としの筋に当たる。地の人間であれば当然の如《ごと》く承知している話であり、その実力は山を越えてでも人が寄るほどだった。

だが、それも幕末までの話だ。いまとなっては平坂家の裏の顔を知る人間はほとんどおらず、貴重な生き証人も半兵衛を筆頭に幾人かを数えるだけになっている。

そもそも、憑き物落としにかかわる作法は口伝であり、長男は社家を継ぎ、次男以下の誰かが神威を得て『獅子吼』を振るうという話が伝わっているに過ぎない。親族でさえ詳しく知っている者がいない話だ。

「あっ、にゃあにゃあ！」

おとなしくあめゆを飲んでいた壱太郎が声を上げる。

保穂が慌てて湯呑を持つと、その手の下を潜《くぐ》り抜け、木の根のあたりに座る猫へと駆け寄った。近づきすぎれば逃げられることを知っているから、ある程度の距離を取ってそろりと腰を屈《かが》める。子供と猫は、遠巻きに互いを見つめ合う。

「兄が亡くなったのは、五つのときでしたね」

湯呑に残されたあめゆが、ゆらりと揺れる。それを見つめた保穂は、会ったことのない平坂家の本当の次男のことを思う。

半兵衛は声を出さずにうなずいた。

『風ミサキ』に当たった子供は、長くても七つまでしか生きられない。その伝承がいつから伝わっているのか定かではなかったが、山で亡くなった修験者たちの霊が後継者を求め、周期的に子供を連れていくのだと言う。

「前にも申し上げましたがね、運よく『獅子吼』が戻ったとしても、それを使えるかどうかはわかりませんよ」

「でも、兄が当たるまでの長い間、この土地で『風ミサキ』で亡くなった子供はいなかったんでしょう」

「確かに、私が子供の頃には、山向こうの村から『風ミサキ』に当たった子供が連れられてきていましたよ。平坂の祈禱《きとう》で退けた話も覚えています。ですが、果たしてそれが本当に霊剣のなしたことなのかどうか……」

「それは間違いありません」

強い口調で答えた保穂を、半兵衛はちらりと見る。

「兄が調べている文献にも、そう書き残されているじゃないですか」

「平坂の祈禱は口伝でしょう。書き残されたものはすべて、伝承話に過ぎないのですよ」

「半兵衛さん」

「私だって、壱坊のことはかわいいですよ。でも、あなたのことだって孫のようにかわいい。高等教育まで受けられたというのに、拝み屋のようなことに携わるのは正直、どうなんでしょうねぇ」

手にしたあめゆをこくりと飲み下した半兵衛の首は細く、しわだらけだ。

「『風ミサキ』は流行《はや》り病のようなもんです。子供を救おうとするあまり、親まで命を落としては元も子もないじゃありませんか」

『風ミサキ』に当たった子供が忌避されるのは、他の子供に害があるだけではない。呪いは実の親へも向き、寝食を共にすれば親もまた病んでしまう。保穂の父がそうだった。

「壱坊にもしものことがあれば、私が付き添うて逝きますよ。なぁに、遅かれ早かれ追うことになる老いた身だ」

「そんなことを言わないでください」

誰一人犠牲にしたくないから、壱太郎の両親は子供と距離を置き、父親である友重は文献を探り、保穂は失われた霊剣を探しているのだ。なにより、壱太郎を救いたい。その一心だ。

「半兵衛さん。『獅子吼』は僕を待っています。それはきっと、間違いない」

木の根元で遊ぶ壱太郎を眺め、保穂は静かに言った。

猫と同じように寝転がる壱太郎の着物は砂と土にまみれている。

「それはまぁ、そうでございましょう。あなたは平坂の次男ですからね」

「心配しないで。ね……？」

笑いながら顔を覗《のぞ》き込むと、好々爺《こうこうや》の目がぎらりと鋭く光る。いまでこそ温和な老人だが、保穂が幼い頃は近所でも評判の雷親爺《おやじ》だった。

「心配ですよ。その刀剣が、まぁ、異人さんの手に渡ったというんですから……。悪いことは言いませんから、会いに行くのはおやめなさい。もしも本物なら、向こうから帰ってきますよ」

「足が生えて？」

「えぇ、えぇ。そうですとも。霊剣とは、そういうものでしょうから」

「そんな、まさか」

自分で言い出しておきながら可笑《おか》しくなる。

「その異人さんですけどねぇ。相当の色好みだという話なんですよ。噂では理想の相手を探し求めて、いろんな国を巡っているとか。ろくなもんじゃありません。おやめなさい」

「そんなことを心配していたんですか？　確かに、軟派な連中には辟易《へきえき》しますが、そんなことは問題にもなりません」

「高校で言い寄られて、ずいぶんお困りになったのでは……」

「あぁ、兄に聞かれましたか。あれは相手が薩摩の方だったからですよ。義兄弟の契りだのなんだの、そういうややこしさであって」

「だから、です」

半兵衛は、彼のできうる限りの強い口調で言った。が、保穂には微塵も伝わらない。

「相手の話には適当に合わせます。花街《かがい》のことだって、友人に聞かされて少しはわかりますし」

「そうではなくて……、保穂さん。色好みというのはですね」

「知ってます。存じております」

それ以上は言うなと、保穂は手のひらを見せた。

「半兵衛さんの若い頃の話なら、亡くなった奥さまがいつもたっぷり聞かせてくださいました。僕は子供だったので、なんの話やら、あのときはわかりませんでしたが……」

「な、な、な」

驚きすぎた半兵衛の腰が、ぴんと伸びる。それに気づいた壱太郎が笑いながら駆け戻ってきた。

「何か手土産《てみやげ》を用意しなければいけませんね」

壱太郎の服についた土埃を払い、保穂は思案する。

「わしの頃の、色好みなどというのは」

「あにしゃま、おでかけでしゅか」

「はい。明日のことです。兄さまの出かけている間は、半兵衛さんとご奉仕に励んでくださいね」

「いや、だから、よろしいですか。色と申しても……」

「半兵衛さん」

優しい中にも強さのある口調で、保穂は言った。

「子供の前ですから。もう、それ以上は」

訳知り顔で微笑み、湯呑に残るあめゆを壱太郎に飲ませる。

「いやはや、人の話は最後まで聞くものですよ」

白い肌のうなじをじっと見つめた半兵衛は、またぐったりと腰を曲げた。

2

色紋付に袴をつけた保穂は、半兵衛の勧めもあって、いつも利用する俥屋《くるま》を頼んだ。顔見知りの引く人力車に乗って、骨董屋に繋《つな》ぎを取らせた異人の屋敷へ向かう。

人目を避けるように張り巡らされた塀の中に建っていたのは、思ったよりもこぢんまりとした洋館だった。敷地の面積は広いが、屋敷の大きさだけなら保穂の家と変わらない。だが、洋館には二階がある。

その二階のバルコニーを眺めつつ、骨董屋に言われた通りの時間に正面から訪ねると、着物姿の女性が応対に出てきた。髪は丸髷《まるまげ》で、着物の上からフリルのついた白い前掛けをつけている。

庭に面した部屋へ保穂を案内すると、無駄話など一切せずに出ていった。声をかけようにも、隙ひとつない。

静かに閉じた扉から視線を転じた保穂は、ぐるりと部屋を見渡した。色のついた壁に、白い柱。こげ茶色の机と椅子は豪奢《ごうしゃ》な造りだ。窓はアーチを描き、カーテンが脇でまとめられている。こぢんまりとした部屋だが、圧迫感はなかった。

しばらくすると、女性の使用人が、銀に光るトレイを手に戻ってくる。その上には美しい花の絵が描かれた急須《きゅうす》と湯呑が乗っていた。

「すぐにいらっしゃいますから、どうぞお座りください」

椅子を勧められた保穂は、開いたままになっていた扉に人の気配を感じて振り向いた。

「君が、ヒラサカさん？」

はじめ、何を言われたのか、わからなかった。

手土産を抱えたまま、椅子の背を摑んだ。

保穂が異人を見るのはこれが初めてではない。高校にも外国人教師はいた。でも、彼ほど背が高くなかったし、髪の赤茶けた赤ら顔の年寄りだった。

いま、保穂の目の前で、扉にもたれかかるように立っている男は、ジャケットとズボンの洋装が眩《まぶ》しいほどよく似合い、すらりと背が高い。きらめくような金色の髪を後ろへ撫《な》でつけ、形のいい鼻が目を引く。絵に描いたような紳士だ。思ったよりもずいぶんと若いのにも驚いた。

「それとも、お使いの書生かな？」

発音は完璧《かんぺき》だった。だからいっそ、彼が口にすると外国語のように聞こえる。自国の言葉だとようやく理解した保穂はハッとした。慌てて頭を下げ、手土産の風呂敷《ふろしき》包みを開いた。

「私が平坂保穂です。本日はお時間をいただきまして、ありがとうございます。心ばかりのものですが、どうぞお召し上がりください」

「お気遣いいただきまして、どうもありがとう。何かな？」

そう言いながら男が目配せすると、使用人が手土産を受け取った。

「こんな若い人だとは思わなかったな。私の名前は、コンラート・クラウス・フォン・ギレンバント。どうぞ、よろしく」

大股《おおまた》に近づいてきた男から握手を求められ、保穂はおずおずと手を返した。ぐっと力強く握られたが、痛いほどでもない。

手はすぐにほどけ、コンラートはさりげない仕草で椅子を引き、保穂を座らせてから斜め向かいに腰かけた。使用人が二人分の湯呑を出し、保穂の手土産である和菓子も小皿に載せて出す。

「藤巻屋《ふじまきや》の生菓子だろう。ここは確か数日前から頼んでおかなければいけないはずだ。無理をしたね？」

「いいえ」

昨日の今日だ。普通なら断られるが、神社の伝手《つて》でごり押しした。

「嬉しいよ。好きなんだ」

「それは……よかったです。あの」

「ヤスホ、というのはどういう字を書くの」

座ったばかりのコンラートが立ち上がり、紙とペンを持って戻ってくる。使用人は部屋を出ていったばかりだ。

ペンを渡された保穂は、紙の裏に『平坂保穂』と大きく書く。

「ひらさか、やすほ、と読みます」

それぞれをなぞりながら読み上げると、机に手をついて見下ろしていたコンラートが紙を持ち上げた。

「この字は稲穂の『穂』だろう。こっちは？」

「たもつとも読みますが、守るとか持ち続けるといった意味です」

「稲穂を保つか。この国らしい名前だ」

ふぅんと感慨深げに相槌《あいづち》を打ち、コンラートは紙を持ったまま自分の椅子に戻る。

「この『穂』の字、点が多いね」

「つい、勢い余って」

滅多に指摘されることはないが、言われたときはそうとぼけることにしている。平坂の家では、自分自身の名前をそのまま紙に書きつけることはしない。兄の友重であれば、重の字の横棒を一本抜いて書く。そういう慣習なのだ。

だが、まさか異人から指摘されるとは思わなかった。刀剣の装飾に惚《ほ》れこんで大金を積むほどの日本好きとはいえ、よほど勘所がいいのだろう。

「あの、骨董屋の」

「君、仕事は？」

要件に入ろうした保穂を遮るように声を被《かぶ》せたコンラートは、長い足を組み、洒落《しゃれ》た仕草で湯呑を持ち上げた。

「私の仕事は、このお茶だ。中身は赤みのかかったお茶だ。紅茶だよ。まぁ、これだけではなかなかに厳しいので、いろいろと取り扱っているんだけどね」

「刀剣も、そのひとつですか」

コンラートの息継ぎの瞬間を狙《ねら》って、言葉を差し挟む。

「ん？　あぁ、そうだ。日本の工芸品も良い値がつく」

「骨董屋から買われた刀剣、見せていただきたいのです」

「話は聞いている」

そう言ったコンラートは、あからさまに顔をしかめた。

「でも、無粋だな。いくらなんでも、やってきてすぐに見せてくれと言うのはどうなのだろうね」

「あれは、私が取り置きを頼んでいたものです」

「だが、骨董屋は私と取引をした。手付も払っていないという話だったし、問題はないだろう」

「見せてもらえる約束はできていると……」

「そうだね。店主にはそう答えた。だが、君は性急すぎる。決して安くはない買い物だ。君の人となりを知ってからと思うのは、当然のことだろう。君は、自分の家の蔵を、初めて会った人間に開けて見せるのか？」

「……それは」

ぐうの音も出ない。保穂はうつむき、膝の上でこぶしを握った。交渉ごとは得意なつもりだ。相手が日本人であれば当然、相手の想いを汲《く》み、少しでも親しくなれるように努力する。

でも、コンラートは異人で、勝手が違いすぎた。

思ったよりも若く、見た目もよく、言葉の壁を感じさせない流暢《りゅうちょう》さのせいでもある。保穂はいつものように振る舞うどころか、普段の自分さえ見失っていた。

「私の家は、代々、軍人の家系でね」

コンラートが立ち上がる。

「でも仕事とは違う。まぁ、名誉軍人というのかな。ことが起これば一個師団を率いもするが、普段はこうして別の仕事で糊口《ここう》をしのぐ。……言い回しを間違ったかな」

「いいえ、よくご存じだと、思って」

「私は貿易商をしているんだ。まぁ、実際は、世界を眺めて回りたいだけの冒険家だ。兄が日本に呼ばれたというので、これ幸いに美しいものを眺めに来た。あの刀の装飾も美しかったが、ただそれだけであれほどの大金を払う気になったわけじゃない」

「……いわくのある刀剣だと、ご存じですか」

「どこの国でも、美しいものには悲劇がついて回る。保穂。君はなぜ、そんな恐ろしい刀にこだわるんだ。……魅入られているのか」

すっと伸びてきた手にあごを掴まれ、保穂はとっさに身を引いた。二人の間に差し込んだ手でコンラートの手のひらを掴んでねじり上げる。

「護身術か」

保穂には聞き取れない外国語で叫んだコンラートは、ひねられた手首を撫でさすりながら笑った。

「見た目以上に手ごわいな」

「いきなり顔を触ろうとする人が悪いんです」

「それはそうだ。申し訳ない」

さらりと謝罪を口にするコンラートは食えない相手だ。

刀剣を見たがる保穂をもっともらしい言葉で牽制《けんせい》しておきながら、いきなり頬に触れようとしてきた。そして今度はあっさりと謝ってみせる。

「初めに言っておきますが、私は男です」

半兵衛の言葉を思い出し、保穂は予防線を張った。色好みと言われて、てっきり女遊びのことだと思ったが、そうとは限らない。そのことに、いまになって気がついた。

「私も男だ」

同じように返してくるコンラートはにこりともせずに、肩をすくめる。何を言い出すのかと言いたげな目で見られた保穂は、表情をそのまま鵜呑《うの》みにはできないと思った。だからといって、男色家ですかと聞くわけにもいかない。

少しでも失礼な発言をすれば、コンラートはへそを曲げるだろう。それはさっきまでの会話が示している通りだ。

「あぁ、私が男色家だとでも思っているのか。それは……」

酷《ひど》い、と言い出される前に、保穂は立ち上がった。向かい合うと、コンラートは軽く頭ひとつ分背が高い。

歳の頃は、兄の友重と同じだと思ったが、異人は総体、年齢よりも上に見えるという。よくよく見てみれば、初めの印象よりもさらに若く思えた。それでも高等学校を卒業したばかりの保穂より下ということはないはずだ。

「私は、そうです。だからむやみに触られたくはありません」

まっすぐにコンラートを睨《にら》み据えた保穂は、そこで初めて相手の目の色をまじまじと見た。青いことはわかっていた。でも、保穂の発言に驚いたコンラートが見開いた目は、青とも緑ともつかない澄んだ湧《わ》き水の泉のように輝き、保穂を一瞬で見惚《みと》れさせる。

　ぼんやりとしてしまった自分に気づき、保穂は慌てて居住まいを正した。背筋を伸ばし、着物の襟を指でしごく。

「へぇ……」

　コンラートが目を細めると、美しい碧玉が半分以上隠れてしまう。でも、色も輝きも、保穂の脳裏にはしっかりと写し込まれていた。

「そうなんだ」

　意味ありげに微笑んだコンラートの心情が、保穂には読み取れない。

「じゃあ、こうしよう」

　しばらく部屋を歩き回ったコンラートが窓際でくるりと振り向く。庭先で咲いた藤の花が見え、保穂は椅子の背を手で摑んだ。

　男色家だと言ったのは、人付き合いのたしなみを外国人に教えられた腹いせのようなものだった。あの瞬間は、コンラートよりも優位に立てる気がしたのだ。

「この頃は仕事ばかりの毎日で、退屈をしていたんだ。君が新しい『楽しみ』を教えてくれるのなら、お望みの刀剣を見せてあげよう」

「そんな交換条件……っ！」

「ずるいかい？　それなら、このままお帰り」

コンラートの手が扉を指し示す。保穂はごくりと喉《のど》を鳴らした。

コンラートの買い取った刀剣が、探し求めている『獅子吼』なのかどうか。それは実際に見なければ判じられない。

だが、保穂には妙な確信があった。

骨董屋でも残り香めいた予感がしていたし、この屋敷に入ったときから、ずっと気配を感じている。

平坂家の伝承通りであれば、『獅子吼』は必ず保穂を呼ぶ。兄にも言われてきたことだ。巡り合った刀剣の外見がどれほど『獅子吼』に似ていても、まったく同じでも、保穂の第六感に閃《ひらめ》きがなければ本物ではない。平坂の子と刀剣は必ず呼び合い、見まがうことのない啓示が下る。

「初心《うぶ》でつまらない男が来たと思ったが……、しばらくは退屈がしのげそうだ」

窓枠に寄りかかり、洋装のコンラートは腕を組む。

保穂の中にある焦りを焚《た》きつけるような目が、意地悪く細められた。いまさら、初心でつまらないのが真実だとは言い出せない。保穂は無言で唾液《だえき》を飲み込み、小さな喉仏を上下させた。

首まわりや腋《わき》に、嫌な汗がじんわりと滲んだが、足を踏ん張って胸を開く。

壱太郎の腕にある痣が脳裏に浮かび、無邪気な子供を見守りながら心を痛めている兄夫婦を連想した。そして何よりも、帰る場所を探して悲痛な波動を放つ、一振りの刀剣の存在に心が騒ぐ。

「……年寄りが来ると、思っていたくせに……」

椅子の背を離して、板の間に敷かれたじゅうたんの上をゆっくりと歩み寄る。迎え出るように、コンラートが窓辺を離れた。

「歳はいくつ？」

「二十二です」

「私は二十六になる。つり合いは取れているな」

「なんのつり合いですか」

コンラートから片手を差し出され、保穂はその手をじっと見つめた。大きい手のひらだ。

「異人の手を握るのは初めてか」

言われて初めて、手を返すのだと気づく。保穂はなるべく投げやりに動いた。出した手がぐっと握られ、驚いて上げたあごをコンラートに摑まれる。

「それなら、くちびるはなおさらだろうな」

弾力のあるくちびるが味気なく重なり、そして離れた。保穂は何事が起きたのかと放心した。思考が現実を否定する。

高等学校にいた頃、精神的な繫がりのためだとかなんだとか言われ、学友や先輩から男色関係に誘われた経験はあった。勉強をしようと寮に誘われた夜のストームで、危うく暴挙に巻き込まれかけたことも一度や二度じゃない。だけど、それはいつも『危機』でしかなかった。

「もう一度か?」

からかう息遣いでくちびるをくすぐられ、保穂は現実に引き戻される。慌てることなく、スッと肩を引き、丹田に意識を集めた。横っ面を張りつけ、無礼をなじることは簡単なことだ。でも、それこそがコンラートの狙いだろう。

初めから、保穂をからかうつもりでいるのだ。穿《うが》った見方をすれば、取り置かれている刀剣を高値で買い受けた時点で、品物を追いかけてくる骨董好きを弄《もてあそ》ぶつもりでいたのかもしれない。

「保穂。今日から七日間続けて、会いにおいで。君が信用できる人間なら、望み通り、刀を見せてあげよう」

「冗談でしょう」

「本気だ」

「……」

やはり、からかわれている。

コンラートの澄んだ青い瞳《ひとみ》を見つめた保穂は、弱みを見せまいと静かに呼吸を繰り返す。油断ならない事態だ。

動揺を隠すだけで手いっぱいの保穂とは違い、コンラートは異人や異文化に慣れている。それとない駆け引きも、さすがは商売人だと言いたいほど上手い。

逃げ出したくなる保穂の本能へ、かすかな波動がしがみついてくる。刀身の気配は近くなり遠くなり、心の中へ直接訴えかけるように響く。

獅子吼を取り戻すことだけを望む保穂に他の手段はない。断ることは無理だった。

＊＊＊

コンラートが日本に来たのは、二年前だ。

県令の相談役という職を得た五番目の兄に誘われたのがきっかけだが、いつかは訪れてみたい極東の地でもあった。

「コンラート様。お見えになる時間かと」

開けたままにしていた物置の扉をノックする音に振り返ると、使用人の女性は歌うような抑揚で話した。今日も慎ましやかな風情が好ましく、コンラートはうなずきを返す。

この国に対する感想は、ひとつに緑が美しいこと。ふたつに湿気が強いこと。みっつには、人々が文化に守られていることだ。

長く鎖国していただけあって、その後の文化の流入さえも我流に噛《か》み砕いている。その上、人々は貪欲《どんよく》でありながら慎み深い。商売人にしてもそうだった。

新しいもの好きで、金を儲《もう》けたがり、かと思えば、意に添わない商談は頑として受け入れない。

「そちらが、お噂の？」

使用人の目がコンラートの手元を追う。棚の上の刀剣に濃紺の天鵞絨《ビロード》をかけ、

「彼に教えてはいけないよ。それに『呪いの刀剣』だ。女性が触れれば害が及ぶかも」

冗談めかして言いながら、使用人を外へ促した。

「まぁ、恐ろしい」

「このあたりには、子供だけが受ける呪いがあるそうだな」

「ええ、ございます」

若くして寡婦になった女性には二人の子供がおり、学費の足しにと屋敷へ働きに来ている。すでに三十路《みそじ》に入っているが、柔らかな身体の曲線は若い女にはないまろやかな魅力を醸していた。出会って早々に口説いたが、笑いとばされてそれきりだ。

世界各国を旅してきたコンラートは、その国の玄人と素人を抱き比べることを楽しみにしていたが、無理強いは好まない。

『風ミサキ』というんですけど。このあたりだけではなくて、山の向こうにも広く伝えられている話です」

「山伏の霊が弟子を欲しがって、子供の魂を引っ張っていくとか」

「山に入った子供が目をつけられるという地域もあるようですけど、言い伝えのある地域を順繰りに回っているという話もあるんですよ」

「それは、本当に霊なのか？」

『風ミサキ』を見た大人がいませんから、なんとも……。ただ、連れていかれそうになった子供は、山伏を見たと言うようです。その証《あかし》に、腕に火傷《やけど》の痕《あと》が残るとかで。『風ミサキ』に当たった子供は七つまで生きられません。でも、腕を引かれた子供が戻ってくることもまれですよ。たいていは神隠しのように消えてしまいますから」

「どうも、呪いとは違うようだな」

「いえ、そうなんですよ。帰ってこなくなった子は、神隠しということで済みますが、戻ってきた子が大変なんです。引かれていく七つまでに、周りの人間が六人死ぬと言われていて。だから『風ミサキ』なんだと、祖父に聞きましたが……」

「そもそも、『ミサキ』というのは」

「お聞きにならないでくださいまし。難しいことはわかりかねますから」

使用人は穏やかに笑い、そのなごやかさがコンラートに母親の姿を思い出させる。記憶は遠く、数少ない。

十五人も子供を作った父の、三人目の花嫁になった女はコンラートを生んだ五年後に亡くなった。二人目の花嫁だった育ての母はよそよそしかったが、意地の悪い人ではなかった。他の兄弟も同じように思っていたようだから、子供を好きでない女だったのだろう。

十三になった年に、三番目の兄に誘われて国を出た。それからは各地を巡り、商売を教えられ、二十歳《はたち》になったと同時に独立を許され、いまに至る。

「コンラート様、あの刀が八十矛神社に所縁《ゆかり》のものであるなら、どうぞ奉納なさってください」

後を追ってサンルームに入った使用人が扉を開けながら言った。懇願するような声の響きにコンラートは眉をひそめた。

「彼から聞いたのか」

「いいえ。送り先を、俥夫《しゃふ》に聞いたんです。お茶をお出ししたときに」

「彼の家のことを知っているんだな」

「いいえ、存じ上げません。ただ……」

「あれが、本当に『呪いの剣』だと？」

「違います。平坂様がお探しのものであれば、むしろ逆です」

「どういうこと」

コンラートが詰め寄ると、使用人の顔に狼狽《ろうばい》の色が浮かんだ。

「神社には霊剣が納められていたと、祖父が……」

「あの子に、何か頼まれているのか」

扉に手をつき、華奢《きゃしゃ》な身体つきの使用人を閉じ込める。

「……そんな……、違います」

コンラートを見上げ、視線が交わったと同時に顔を逸《そ》らす。頬が淡く朱《あけ》に染まり、コンラートはいたずらに距離を詰めた。

「あれが霊剣なら……いま、神社には、それがないということで……。それでは……」

たどたどしく答える使用人の目が泳ぐのを眺め、コンラートはそっと頤《おとがい》に手をかけた。

女の声がかすかに震えて喉に詰まる、と同時に、誰かがコンラートの手首を引いた。

「嫌がるご婦人に、何をするんです」

ここ五日間ほどで聞き慣れた声は、今日も凛《りん》といさぎよい。

「違います、違うんです……平坂様。誤解です」

使用人の女が、対立する二人の間に割って入った。

「誤解も何も、現にあなたはいま、悲鳴を上げたじゃありませんか。さぁ、こちらへ」

「嫌がって上げるばかりが、女の悲鳴ではないだろう。それもわからないとは幼稚だな」

背に隠そうとする保穂の腕を摑み、使用人に向かって、茶を持ってくるように頼む。後ずさりをした使用人は不安げな顔をしたが、コンラートの目配せに納得して踵《きびす》を返した。

「嫌がっていました」

保穂の硬い声に振り向く。

「そう思うのは、君が、いつまで経っても心を開かないからだ。私のことを少しは知ったらどうだろうね」

「まだ五日じゃないですか」

「もう五日だよ。君は毎日ここへ来て、帰る間際には……」

「離してください」

腰へと巻きつけた腕を叩《たた》き払われ、保穂の頑《かたく》な態度にコンラートは笑い声をこぼした。

別れ際のくちづけを思い出させる言葉にさえ保穂は過剰に反応する。そのくせ、くちづけそのものは軽く受け流すのだ。

あの日、初めて保穂が屋敷まで訪ねてきた日。

コンラートはほんの出来心で保穂をからかった。

もちろん、刀剣を餌《えさ》にするつもりはなく、事情に納得できれば骨董屋に引き取らせ、改めて相手と取引するように言うつもりでいたのだ。気が変わったのは、それこそ単なる気の迷いだ。

やってきた相手が、使いの書生かと思うほど若く、しかも化粧でもしているかのようにきれいな顔をしていたから、悪い虫が疼《うず》いてしまった。

「今日は天気がいいし、外でお茶にしよう」

あっさりと手を引き、コンラートは紳士ぶった仕草で、保穂をサンルームのテラスへと促した。

コンラートの性癖は、保穂が疑ったものよりも性質《たち》が悪い。

旅した土地で玄人と素人を抱き比べるのは、女ばかりが対象じゃなく、好奇心は男へも向いていた。もちろん、日本でも女の玄人・素人は確認が済んでいる。男も玄人は相手にした。

あとは素人の男だが、誰でもいいというわけでもなく、好奇心を満たしてくれそうな相手を探していたのだ。そこへ飛び込んできたのが、自分は男色家だと大胆なはったりをかました保穂だった。

嘘《うそ》はすぐに見抜けたし、場の主導権を握ろうとしたコンラートへの、生意気な反発だということもわかっていた。

その脊髄反射的な反骨こそ、保穂の初心なところだ。四角張った取引は知っていても、駆け引きの妙をまだ知らない。

「さっきのことは君の誤解だから、下手に騒ぎ立てないように」

テラスの椅子に腰かけながら言うと、庭を見ようと欄干を摑んでいた保穂から冷たい視線が向けられる。

「立場を盾にして……」

「だから、そのあたりから誤解だ」

予想通りの正義感に笑みをこぼし、座ったばかりの椅子から立ち上がる。

「それとも、嫉妬《しっと》なのか？　君を呼びつけるほど夢中になっている私が、他の誰かに興味を抱いてる……。許せないか？」

じっと見据えながら近づくと、視線を逸らすまいと必死になる保穂は身じろぎひとつしなくなる。

出会った日は紋付だったが、翌日からは木綿の着物に袴をつけてきた。決まった職はなく、神社での奉仕が主な務めだと言うから、やはり書生のようなものだ。

「僕はただ、あなたのような浮わついた人が」

「人が？」

そばへ寄って、顔を覗き込む。

「自国の女性を辱めるのかと思うと……」

視線を合わせると、話の途中で、保穂はどぎまぎと視線を揺らした。そこが使用人の女と同じで、コンラートは思わず笑ってしまう。

まんざらでもないような態度をしながら、いざというときには強固に拒む。そこもきっと同じだ。

「そんなことはしないよ。失礼だな」

コンラートが身を引くと、保穂はあからさまに胸を撫でおろす。それを見ながら続けた。

「彼女は子供を学校へ行かせるために、ここで働いているんだ。変な噂が立てば居づらくなるだろう。それは誰にとっても、不幸じゃないか」

「相手を失う、あなたも」

「違うと言っているだろう。そんな勘繰りは彼女にも失礼だ」

室内へ続く入り口へ目をやると、紅茶のセットを持った使用人が頭を下げるところだった。

保穂がハッとしたように息を呑《の》み、コンラートはその肩を軽く叩いた。

「火のないところに煙は立たないと申しますけれど」

テーブルの上にお茶の用意をしながら、女は軽やかな口調で言う。

「その煙が、実は七輪のさんまのものであったということもあります」

「わかりました。早とちりをしたようで、申し訳ありません」

保穂は深く頭を下げる。女は慌てて手を振った。

「そんなことはなさらないで。困りましたわ。コンラート様、元はと言えば、あなたのお振る舞いがいけないのです」

「おや、火の粉が飛んできたな」

コンラートは肩をすくめ、使用人に対して失礼を詫《わ》びる。それからテーブルについた。

「どうぞ、平坂様もこちらへ」

使用人に呼ばれ、保穂も椅子に腰かける。

「だが、発端は君だ」

コンラートがくるりと振り向き、紅茶の入ったカップを出していた使用人は手を止めた。

「私が、何を……」

「保穂の肩を持っただろう」

「それは違います。平坂様の肩を持ったのではなく、あの刀が八十矛神社のものであるなら、お返しするのが筋だと申し上げたんです」

「どちらも一緒だろう」

「違いますわ」

「八十矛神社をご存じですか」

二人の会話に、保穂が飛び込んでくる。使用人が応《こた》えた。

「祖父から、昔話を聞いていたので」

「そうですか。土地の人間以外には名が通っていないと思っていました」

「保穂の家と『風ミサキ』は、どんな関係があるんだ」

コンラートにとっては、ごく普通の世間話をしたつもりだった。だが、三人を取り巻く空気は、ぴしりと音を立てたように凍りつく。

その中心は保穂だ。気づいた使用人が困惑気味に身を引いた。

空気を緊張させたままで、保穂が口を開いた。

「もしかしなくても、聞いた昔話は『風ミサキ』ですか」

「え、えぇ……。憑き物落としに使う刀剣がなくなったと聞いていたので。もしも、あの刀がそれに当たるならと……ご進言を」

「他には何を。お祖父《じい》さんは、風ミサキに当たった人を見たことがあったんですか。その話、詳しく」

保穂は初めて見せる顔で腰を浮かせた。ひどく興奮している。コンラートは立ち上がり、その肩を叩いた。

「ご婦人を問い詰めるものじゃない。少し、落ち着きなさい」

使用人にも椅子を勧める。

「すみません。昔話を知っている人に会うことも珍しいので、つい興奮してしまって」

「こちらこそ、驚いてしまって申し訳ありません。やはりお探しなのは、お家に伝わる霊刀なのですか」

「はい。それらしきものがあると聞いて、あちこちへ行きましたが、まだ本物には……」

「そうですか」

　ふっと息を洩《も》らした使用人が、コンラートを盗み見た。いますぐにでも刀剣を見せるべきだと思っているのだろう。素知らぬふりで紅茶を飲み、カップをソーサーへ置いた。

「保穂。『風ミサキ』のミサキとはなんだ」

　尋ねると、やや落ち着きを取り戻した保穂が答える。

「おそらく『七人御先』という伝承が元になっているんだと思います。場所によって違いがあるんですが、要は、七人一組の亡霊がいて、誰かを取り殺すことにより一番初めの亡霊が成仏するんです」

「そしてまた、七人一組で、新しい亡霊を取り込んでいくのか」

「そうです。御先という言葉には、神の使いという意味もあるので、原因や発端を特定することはできません」

「まぁ、そういうものだな。それで、君がお祖父さんから聞いた話というのは？」

　今度は使用人に話を向けた。

「『風ミサキ』に当たると大変なことになるから、子供だけで山に入ってはいけないという戒めです。あれは、他の子供や両親との接触を禁止しているそうですね。親と会えなくなるのが恐ろしくて……。それで覚えていたんです」

「実際に起きた話は？」

保穂が尋ねると、使用人はしばらくじっと黙った。言いにくいことでもあるのかと思ったが、

「いま、きちんと思い出しますから、お待ちください」

頭の中を整理しているだけらしく、しばらくして口を開いた。

「いつも同じ話ではなくて……、なんの話のときに霊剣の話が出たのか……」

「覚えている範囲で結構です。話が飛んでいても構いません」

保穂が前のめりに問いかけ、使用人はこくこくとうなずいた。

「私の子供の頃にもどこかの村で起こったらしく、その子供は助からなかったと聞きました。それで、確か、憑き物を払う刀がないからだとか、なんとか。祖父が子供の頃には隣村で同じようなことがあって、そのときは八十矛神社に憑き物落としを頼んだと……」

「その頃は刀があったのか」

コンラートの言葉に、使用人が深くうなずく。

「刀剣は維新の混乱でなくなったと聞いています」

と、保穂が言う。

「賊が入ったのか、誰かに献上せざるを得なくなったのか。神社にも記録がないんです」

「いきさつについては聞いた覚えがありません。私の里は、ここから、かなり離れていますし」

「土地の人間なら知っている者もいるはずです。あなたの祖父母は」

焦った保穂に問い詰められ、また空気が凍りつく。コンラートはやれやれと息をついた。

「いちいち、おおげさにするのはやめないか。保穂。そんなに必死では、まるで」

言いかけて、言葉を飲み込む。

保穂はうつむき、使用人は表情を曇らせた。

――そんなに必死では、まるで、『風ミサキ』に当たった子供がいるみたいじゃないか。

いるのだ。と、コンラートはとっさに悟った。

「ありがとうございました。もう、結構です」

使用人に向かって保穂が頭を下げ、使用人もまた、そそくさと席を立つ。

「何か、思い出すことがありましたら、コンラート様にお伝えしておきます。コンラート様、どうぞ、よろしくお願いします」

トレイを手にして出ていく使用人の最後の言葉を、どういう意味に受け取るべきなのか。

コンラートは首をひねった。

伝言を頼むという意味ではないだろう。雇われの身としては、刀剣をいますぐ返せとは言いづらい。でも、それが英断だと言いたいのだ。そうすべきだ、と。

「だが、あの刀は鞘《さや》から抜けない。細工がされているのかと思ったが、骨董屋もそうではないと言うし、錆《さ》びているのか、埋められているのか」

「……抜けないということも、条件なんです」

「神社の霊刀であるということの？」

「そうです。あとは長さと装飾。……見せてもらえませんか」

「さっき、彼女はどうして、あんなに急いで席を立ったんだ」

コンラートが話を無視しても、保穂は怒らなかった。

「彼女には子供がいるんでしょう」

「だが、小さな子供では……、あぁ」

言葉を切って、コンラートは息をついた。

「気づかなかったな」

「本人は知っているんでしょう。だから、災いを避けたんです」

彼女の腹の中に、新しい命が芽生えているということだ。

「聞いただけで呪われるわけじゃないだろう」

「そうなんですが、得体の知れない話ですから、迷信も生まれているんでしょう。噂には尾ひれがつくものです」

「流行り病のようだな。身体に痣のできた子供は、幼い仲間と近親者から隔離される。世話をするのは、身体の強い若者か」

「多くは一人で小屋に」

「それは……生き残れない」

コンラートは眉をひそめて唸《うな》った。使用人の話では、『風ミサキ』に当たった子供は、七つまでの命だという。小さな子供なら、山で痣を作るぐらいのことはよくある話だ。

それを原因に病原菌のような扱いを受ければ、衰弱していくのも無理はない。孤独で気を病むこともあるだろう。

「コンラートさん」

「クーノだ」

近しいものはそう呼ぶと言っても、保穂は頑として呼び方を変えない。刀剣のために媚《こ》びを売るなら、もっとうまくやればいいものを、それができないところもかわいげだ。

「コンラートさん。これは口では説明できないことなんです」

じゃあ、身体で説明してくれと言いたくなるほど、真剣な目をした保穂は美しい。黒い瞳が濡《ぬ》れた宝石のように輝き、コンラートの目を奪う。

「病のひとつだろう。それで説明がつく。祈禱を受けることによって、共同体や本人の意識が変わり、憑き物が落ちたと認識されるんだ。刀剣は、信憑性《しんぴょう》を持たせるための呪具《じゅぐ》ではあるだろうが、それほど重要視されるものだろうか。他でも代用できるはずだ。もっともらしく……」

「やめてください！」

保穂が叫び、コンラートは息を呑む。二人の視線が、一瞬交錯して、保穂は震えながらうつむいた。

「やめてください。外国人のあなたにはわかりません。あなたと僕の肌の色が違うように、あなたと僕は異なった文化を持っている。それをあなたの常識で塗り替えることはできません。あなたが私にならない限り、『獅子吼』の声を聴くことはできないんですから」

「その刀の名前は『ししぼえ』というのか」

「『獅子が吼《ほ》える』と書きます。もういいでしょう。ここにあるのはわかっているんです。初めて来たときからずっと確信しているんだ」

「保穂。ひとつ聞かせてくれ。本当に、そんな子供が存在するのか」

保穂が椅子を蹴《け》って立ち上がる。頭に血が上ったのか、ふらりと傾《かし》いだ身体を、コンラートはとっさに抱き留めた。

「こんなときにも、あなたは」

静かな声で責められ、コンラートは恥じ入る。

その通りだ。子供を救おうと保穂が必死になっているのに、視線が絡んだ瞬間に肌の内側が燃えた。絡んだ視線がほどけ、焦燥感に駆られる。

逃げようとする保穂の身体を抱き寄せ、頤を摑んで固定した。コンラートの息がかかると、保穂はくちびるを引き結ぶ。

そんなに嫌がることもないのにと思いながら、この五日間、コンラートは保穂にくちづけをした。それは挨拶にもならないような単なるぶつかり合いに過ぎず、あと二日経っても心を開かないようなら、さっさと刀を見せ、追い払うつもりでいた。

素人の日本人男性に興味があるといっても、姿かたちが美しいだけでは意味がない。どんなに乾いた関係でも、わずかな情ぐらいは交わし合いたい。そうでなければ、性行為の楽しさは生まれないと、コンラートは知っている。

なのに、身体は理性を裏切った。

「やめっ……」

保穂のくちびるを舌で舐《な》め、コンラートはついばむようなくちづけをした。恐怖に慄《おのの》いたように保穂の身体が揺れ、胸を押し返される。逃がさずに背中を抱いた。さらにくちびるを重ね、舌を潜り込ます。

文句を言おうとすればくちびるを開くことになる保穂は、それを許さず、くちびるを引き結んだままで抵抗した。

でも、頭には刀剣のことがあるのだろう。こぶしで胸を叩き、コンラートの服を引っ張るぐらいが精いっぱいだ。

「息をしてごらん」

ささやきながら腰に腕を回し、引き寄せながら片足を前に出した。

「はっ……、くっ」

コンラートの太ももが、保穂の腰へと押し当たる。

もがけば自分から押しつけることになると悟った保穂は身体の力を抜く。コンラートは、ゆるんだくちびるの隙をついた。

「んっ……、ん」

乱れる保穂の息遣いを『甘い』と感じながら、さらにくちびるを押しつけ、舌を強引に差し込んだ。

「ひどっ……い……」

ついに、保穂が激しく身をよじらせた。逃れることができたのは、コンラートが許したからだ。

涙ぐんだ保穂は、そのまましゃがみ込む。

コンラートがくちづけの角度を変えただけで、互いの身体はこすれ合う。やがて反応を見せ始めた場所に、ようやく気がついたのだ。

「刀剣を見せるだけでくちづけをさせて。譲るときには、身体を要求するんですか！」

身体を守るようにしゃがんだままで保穂が叫ぶ。

そんなつもりはなかったが、言われてみればそれがいいようにも思えた。

見つめ合っただけで肌が熱くなる相手は、女でもめったにいない。まだ興奮の熾火《おきび》がくすぶっていて、保穂さえうなずけば、このまま寝室まで連れていきたいぐらいだ。

それが叶《かな》わないなら、庭の草むらの中で原始的に交わってもいい。

そう思った瞬間、間違いなく殺されると気づいた。たとえ快感を与えても、辱めを許す気質はないだろう。

見上げてくる保穂が、ふらりと立ち上がる。怒っているのに、清潔な色香は甘く香り立つようだ。

「保穂。私はどうやら、君に恋したらしい」

「は？」

信じられないものを見る保穂の目に軽蔑《けいべつ》が滲み、コンラートはそっと自分の胸に手を押し当てた。悲しみを覚えるべき状況なのに、胸の奥では爽《さわ》やかなベルが鳴り響いている。

人生で幾度目かの恋の到来だ。コンラートは浮足立った。

「理解できない……」

後ずさった保穂の背が、外壁に当たる。

コンラートは迷うことなく近づいた。

「すぐにわかる」

片手を壁につき、もう片方の手で保穂の手を摑んだ。

身体を固くした保穂は、非難めいた目でじっとコンラートを見た。アーモンドの形をした目は、眦《まなじり》がきゅっと上がっていて清廉だ。引き結んだくちびるの赤みが、夜の淫《みだ》らな時間を想像させる。

たまらず顔を近づけると、二人の間に保穂の手が割り入る。コンラートに摑まれたままの手だ。

仕方なく、目を伏せて手の甲にくちづけをした。くちびるを押し当てたまま視線を向けると、動揺を隠しきれない保穂の瞳がそれでも必死になって見返してくる。

それほど刀剣が気になるのだ。自分の求める霊刀『獅子吼』なのかどうか。それを確認することが保穂の責務だ。

でも、コンラートの胸の奥は、自分に興味を持たない相手に対して乱れた。

「ちゃんと、私を見てごらん」

「見てます」

「見てないよ」

保穂が見ているのは、コンラートの向こうにある、いわくつきの刀剣だ。噂の真偽だけが保穂の関心事で、こうやって焦《じ》らしているコンラートは障害物に過ぎない。

「刀を見せてください。コンラートさん」

「クーノだ」

「コンラート、さん」

強い口調で返す瞳は、頑強だ。コンラートはふっと息を吐いた。

自分の青い瞳にうっとりと見入るご婦人方のまなざしが、この世の中で一番好ましいと思ってきた。なのに、保穂の厳しい視線も嫌ではない。むしろ、背筋を駆け上がる痺《しび》れがある。

「いいだろう。おいで」

「手を、離してもらえませんか」

繋いだ手を引かれ、保穂が戸惑いの声を出す。コンラートはかすかに笑った。

「迷子になったら大変じゃないか」

「なりません」

「……刀を見たいんだろう？」

「それはもちろん」

「それなら、したいようにさせるのも媚びのひとつだ」

「媚びだなんて、そんな」

不満げに声をひそめた保穂は、それでも引っ張られるままについてくる。サンルームを出て廊下を行き、階段を上がった。

「コンラートさん。悪ふざけはもうやめてください。『獅子吼』は神社に伝わる神剣で……宝物なんです。不当な価格で取引されるようなものじゃないんですよ」

必死に説得してくる保穂の声を聞き流し、

「私が盗んだわけでもない。この部屋だ」

物置にしている部屋の扉を開けた。狭い部屋にはぐるりと棚が置かれ、本や陶器が整然と並べられている。

その一画に置いた刀剣へとコンラートは近づいた。

濃紺の天鵞絨を引く。布がさらりと取れた。

現れたのは、二尺六寸六分の太刀だ。糸巻太刀といわれる拵《こしら》えで、金具には定紋が入り、塗りの鞘にも同じ紋が蒔絵《まきえ》されている。真紅の柄巻《つかまき》と、白地に赤い亀甲柄の太刀緒が見るからに華やかだ。

刀剣を眺め渡し、コンラートは振り向いた。まだ入り口に立ったままの保穂は、刀剣へと一直線に視線を注ぎ、息を殺して身じろぎひとつしない。

まるで幻を見るような姿に、コンラートの胸が騒ぐ。戸口まで戻り、視線を遮るように立つと、ようやく呼吸を取り戻した保穂が顔を上げた。

「その霊刀だったか？」

コンラートの問いに、しばらくは声も出せないような顔で浅い呼吸を繰り返し、やがて頬の緊張をほどいた。

「赤い柄巻と、七曜紋。間違いありません」

他にも確信できる条件はいろいろあるのだろう。

しかし、何よりも保穂は直感を得ているようだった。ついさっきまで刀剣に注がれていた視線は、コンラートへと向いていてもなお、再会を喜ぶ人のようにじんわりとした深い笑みを湛《たた》えていた。瞳がさらに潤む。

「絶対に、そうだと思っていた……」

感極まった保穂の瞳に涙が溢《あふ》れ、何度も繰り返した落胆の辛《つら》さを、コンラートは想像した。誰かを救いたいと願う焦燥を抑え、行方の知れない刀剣を探し続ける苦難は想像を絶する。

そんな試練を越えてきたとは思えない保穂の肩を、コンラートは力強く摑み寄せた。華奢な見た目に反して、薄い筋肉がついている。

「やめてください……やめて……」

ようやく巡り合えた宝剣を前に脱力する保穂を抱き寄せ、コンラートは顔を覗き込むようにくちづけを求めた。身をよじる保穂は小さく息を吸い込み、二人の身体を離そうとコンラートの胸を押し返す。その腕ごと抱きしめ、首の後ろをしっかりと引き寄せた。

「んっ……ん」

かすかな息を奪うようにくちびるを重ね、舌でねっとりと口の中を探る。

互いの息が乱れ、コンラートはまぶたを閉じた。

保穂をさらに引き寄せ、扉を手探りで閉め直す。その裏側へ保穂の背を押しつけた。

「……何をっ」

驚いた保穂の両手が、袴のひもをほどくコンラートの手首をしっかかと掴む。

「こうなって、抵抗なんて無意味だろう」

「なんの話です……っ」

「わからないほど、初心か」

手を止められた腹いせに、あごを掴んで顔を覗き込む。きれいな顔立ちをいっそう際立たせる保穂の双眸《そうぼう》が怒りと悲しみをないまぜにした色でコンラートを射抜いた。

「今日のこの日に……、居合わせたあなたを恨みたくない」

「私は恨まれてもいい。いまの君が欲しいんだ」

「それが、あなたのやり方ですか」

保穂の両手に力が入り、コンラートの骨がきしむ。

日本人の体術は身体の大きさからは図れない。保穂もなんらかの護身術を会得しているのだろう。

「君だって、やっと見つけた刀を取り戻したいだろう」

「……神罰が下りますよ」

痛みをこらえるコンラートを、保穂は冷静な目で見ていた。

「そうか。あの刀を使って、呪いを解くのが君の仕事なんだな、保穂」

咎《とが》める視線を避け、摑んだあごから指先を滑らせる。きっちりと重なった襟に指をかけ、うなじにくちびるを寄せながら膝を進めた。腰を近づけ、関節技をかけようとしている保穂の手ごと身体で挟む。

サンルームのテラスでしたことを、今度はもっとあからさまに仕掛けているのだ。保穂の足の間を膝で割り、ふとももを押しつけながら、拘束されている自分の片手ごと下腹部へと動かす。

「……っ」

コンラートのそこに触れた保穂が奥歯を噛んだ。身を引いた瞬間に、肩が扉にぶつかる。

「興奮がわかるだろう」

耳元にささやくと、保穂の肩がおおげさなほど震えた。

睦言《むつごと》のいろはも知らない少女が怯《おび》えるのとは違い、何もかもを心得ている保穂は恥辱を募らせる。

「拒んでもいい。でも、わかるだろう……？」

身を屈めたコンラートの肩越しに、保穂は刀剣を見ているはずだ。それを取り戻す方法は、もう、ひとつしかない。

「こんなところでは気乗りがしないか？　それなら、寝室へ行こう」

我慢している保穂の首筋へ、意地悪く息を吹きかける。

保穂の手の感触がズボン越しにでもわかり、熱はさらに高まった。手を重ね、保穂の指ごと揉《も》みしだく。

女相手には絶対にしない不埒《ふらち》な行為に、胸が激しく疼いた。

表情を覗き込もうとするコンラートから顔を背け、保穂がくちびるを噛む。布越しとはいえ、男の股間《こかん》を揉むような真似《まね》はしたことがないのだと気づく。

「保穂」

コンラートはくちびるを追った。嫌がりながらもくちづけを許す保穂の目元は赤く染まり、目的を果たすことだけで必死になっている。

それは、コンラートも同じだ。止まれないと思った。

手籠《てご》めにするようなやり方だとわかっていても、こんなに強い興奮を感じたことが初めてで、自分でも御しがたい欲望に飲まれていく。

保穂の返事を待ちきれず、くちづけをしながら片手でズボンをくつろげる。直に触れさせると、保穂の手のひらの温かさに昂《たか》ぶりが跳ねた。保穂は強くまぶたを閉じて、それ以上は下がれない扉へと張りつく。

「剣を、習っているんだな」

手のひらがところどころゴツゴツとしているのは、竹刀《しない》を握るからだ。

「やっ……」

先端をぐいぐい押しつけるコンラートと扉の間に挟まれ、顔をしかめた保穂は身をよじった。どうにか逃げ出そうと、コンラートの顔あたりに肘を押し当てる。

「ダメだ。逃がさない」

「いや……です……」

「このままで帰せるわけがない」

保穂の手を掴み、コンラートはこれ見よがしにゆっくりと動かした。青ざめた頬が引きつり、淡い口紅を引いたようだったくちびるも色をなくしていく。

それでも、コンラートの欲望は募った。身体が熱を持ち、猛《たけ》る激流が下腹部に溢れていく。

「保穂……」

ささやきながら、コンラートはうなじにくちづけを落とした。震える肌が粟立《あわだ》ち、冷たくなっている耳朶《じだ》をそっと口に含む。

されるがままになっている手も温度は下がる一方だ。

普段なら興が削《そ》がれるほどの拒絶なのに、息を乱したコンラートは無理強いの手淫《しゅいん》に没頭した。興奮がやまず、感情のままに保穂の怯えを貪《むさぼ》ってしまう。

着物の襟を引き、露《あら》わになった鎖骨の端を吸い上げる。

「……っ。もう……」

声が途切れた。コンラートは動きを止め、短いくちづけをしてから保穂を覗き込む。

泣いているかと思ったが、瞳は潤んでいるだけだ。刀剣を見つけ出した喜びでこぼれた涙も乾いていた。

「こっちを向いて」

頬をそっと指で引き寄せる。二度、三度と嫌がったが、四度目でようやくコンラートと目を合わせた。

「好きだと言っただろう」

「こんなことをされて、信じられるわけが」

「確かにそうだ」

笑ったコンラートを、保穂が睨む。

「でも、本当なんだ。欲しくてたまらない。こんなに気持ちが焦るのは初めてだ」

「もう、やめて……」

ください、と続けた声を、くちづけで塞《ふさ》ぐ。指でそっと耳朶を揉み、しつこく視線を合わせているうちに、ふと保穂の目の奥が和らいだ。肌に熱が灯《とも》り、やがて息が上がる。

「何を、考えたんだ」

保穂の中で、何かが明らかに切り替わった。それが何であったのかを探るコンラートの目の前で、保穂は赤面してうつむく。そのまま、コンラートのジャケットの襟を掴んで引き寄せた。

「顔は、見ないでください。見ないで……」

コンラートの下腹部を包む指が、保穂の意思で動いた。中頃から先端までを握られ、

「く……っ」

コンラートは声を嚙む。保穂を閉じ込めた手で壁紙を掻《か》き、肩で大きく息をした。

「その瞳《め》は……」

保穂のささやくような声に耳元をくすぐられる。吸い込んだ息の中に、静謐《せいひつ》な日本家屋の陰影を思わせる匂《にお》いが香った。保穂の体臭だと気づくまでしばらくかかり、閃いた瞬間、下腹部の興奮が極まる。

「……ぁ、くっ……」

声を押し殺しながら、驚いた保穂の手が逃げるのを押さえた。

「いい匂いがするんだな。お香の匂いか？　香水じゃないだろう」

言いながら取り出したハンカチで濡れた先端を拭い、下着の中へ戻してから保穂の手を取った。ハンカチを畳み直して、きれいな部分を使って体液を拭ってやる。

「場所を移そうか。保穂。次は、君の番だ」

　ハンカチをポケットへ押し込み、まるで自分が達したかのように放心している保穂の髪を耳にかける。

「あ……ッ！」

　どんっと胸を突き飛ばされ、いまさらな抵抗に意表を突かれたコンラートがよろめく。その隙をついて、保穂が身を翻す。

　開いた扉のわずかな空間に滑り込むようにしたかと思うと、保穂の姿が目の前から消える。後は、ぱたんと、扉の閉まる音が残った。

　引き止めるどころか、声をかける隙もない。

『どうするつもりで……』

　母国語でつぶやいたコンラートは、首の後ろへ手を回しながら刀剣の置かれている棚を振り向いた。

　ささやかな違和感に襲われ、今度は保穂を追い詰めていた扉を見る。自分が上り詰めるのに必死になったのはうかつだった。

　コンラートの瞳のことを口にしたとき、保穂の声はわずかに上擦っていた。そして、膝を割ったコンラートの足から逃げていた腰も、居心地悪く揺れ続けていた。

　ぼんやりと宙を見つめていた一瞬の表情を思い出し、耳に髪をかけたときのことを脳裏に繰り返す。熱っぽく潤んだ目は、無理強いを我慢していたときと同じく赤かったが、あれほど剝《む》き出しだった敵意は感じなかった。

コンラートを包んだ手も、最後は熱を帯びていたぐらいだ。

記憶を繰り返し丹念に辿《たど》る。そのたびに、保穂の反応が脳裏に甦《よみがえ》った。

コンラートの呻《うめ》きのすぐ脇で息をひそめた保穂は、ジャケットの襟を摑んだまま震えていた。あれは、手淫を手伝う嫌悪ではなく、むしろ、布越しに股間をこすられたが故の……。

そこまで考えて、コンラートはごくりと喉を鳴らした。

3

明け方から降っていた雨が嘘のように晴れた午後。先に行かせた壱太郎を追い、自宅の離れから境内へ向かおうとしていた保穂は、二の鳥居のそばにある自宅の玄関先で兄に呼び止められた。

「壱太郎のお相手かい」

「はい。ここのところ、相手ができませんでしたので、気晴らしをさせてやりたいと思います」

「例の刀剣、やはり探し物ではなかったか」

今日も奉職の格好をした兄は腕を組んだ。

「いえ……、それが」

言葉を濁した保穂は袴の陰でこぶしを握った。

コンラートのことを思い出すと、くるぶしから膝へ怖気《おぞけ》が立つ。波打つように肌が粟立ち、震えそうになるのをぐっとこらえた。

「間違いはないと思います」

「見せていただけたのか」

「はい。遠目ですが……。大きさも装飾もその通りでした」

「紋の確認は」

「おそらくは七曜紋だと思うのですが」

「しかとは見られなかったか」

友重がふっとため息をついた。八十矛神社の神紋である七曜紋とは、真ん中の丸を六つの丸が囲んでいる紋章のことだ。

「たとえ、大きさや装飾が違っていても、神紋が異なっていても、大切なのはおまえがどう思うかだ。失礼のないようにお願いして、なんとか触らせてもらえればいいが」

どうだろうかと目で尋ねられ、保穂は思わず視線を逸らしてしまう。『失礼のないように』という言葉に、ちくりと胸を刺された。

「毎日通い詰めた甲斐《かい》あって、刀剣を所有されている確証は取れました。これからは迷惑にならない頻度でお願いに上がろうと思います」

適当な方便で取り繕った。

実際は、あの日から連絡さえ取っていない。

行かなければと思いはするが、コンラートからされたことや自分の失態を思うと、とたんに混乱してしまう。本当なら、三日は寝つきたいぐらいだ。

そんなことを知らない友重は静かにうなずいた。

「そうだな。相手が、異人では……。噂に聞くところによれば、ずいぶんと美丈夫らしいが、おまえから見てどうだ」

「……わかりませんよ。背が高くて、金色の髪をして……目が、空のように澄んで……」

コンラートの宝石のような瞳を思い出し、保穂は息を詰める。ひくっと、しゃっくりが出た。

「おや、そんなにきれいな目か」

兄から笑われ、手のひらでみぞおちを押さえた保穂は背筋を伸ばす。それでもまた、ひくっと肩が揺れる。

「そうは言ってません」

からかわれた気分になるのは、否定してもやはり青と碧《みどり》の間にある色を美しいと思うからだ。

初めのうちは、ビードロのようにきれいな色だと感心しただけだった。日本人にはない色彩の不思議に見惚れたのだ。でも、いまはもう違う。

『獅子吼』を取り戻すためには、辱めも甘んじて受け入れるしかない。そう思った保穂は感情を消そうと努めた。手が淫らな道具のように扱われ、女のようにうなじをさらしても、やり過ごせるぐらいの精神力はあるつもりでいたのだ。でも、まさか、あんな反応をしてしまうなんて、思いもしなかった。

兄から送り出され、保穂は母屋を後にする。

水たまりを避けて歩きながら、まだちらちらと浮かんでくる青い瞳を脳裏から消し去ろうと頭《かぶり》を振る。髪が乾いた音を立てて乱れた。

吸い込まれそうな瞳をしていると思った。

いきなり好きだと言い出し、人の弱みにつけ込んで迫るなんて、非道なやり方だ。なのに、保穂を覗き込んだ青い瞳の奥には、濡れた欲情と同じ分だけ甘い同情が溢れていて。

どうして、そんな目で見るのだろうと思った。

見つめ合っているうちに、自分がどこにいるのかもわからないぐらいにぼんやりして、コンラートの瞳が空にも泉にも見えたのだ。懐かしいようなせつなさで胸が揺さぶられ、恥ずかしさも忘れてしまった。

「あぁ……」

最低だ、とぼやきながら、保穂は手のひらを額に押し当てる。

「あの男には色情魔が憑いているに違いない」

刀剣を取り戻したら、試し切りしてやりたいと思いながら、二の鳥居を抜ける。

数段しかない階段を上がると、境内を走り回る壱太郎が見えた。一人遊びで声を上げているのは、他の子には見えない『何か』がわかるからだ。

それが『風ミサキ』のせいなのか、平坂の血なのかはわからない。でも、周りが気味悪く思うのも仕方がない話だ。

保穂にも自分だけの『見えない友達』がいたと、兄から聞かされている。だから、霊感のようなものには違いない。多くの場合、いつかは見えなくなるのだが、保穂のように見ないふりを身につけただけのこともある。

きゃっきゃっと喜ぶ壱太郎の声が境内に響き、その身体がふわりと浮いた。高々と舞った身体が沈む。

「危ないっ！」

叫んだ保穂の片足から草履が抜け落ちた。それでも気にせず駆ける。

「もう一回、してくだしゃ～い！」

無邪気な壱太郎の声に、保穂は大きく息を吸い込む。脱力するのも忘れ、大男に抱き上げられた壱太郎が空を舞うのを見た。

落ちる前に抱き留められる。

相手の大男は壱太郎を地面に降ろすと、金色の髪を撫で上げながらその場にしゃがんだ。

二人とも、まだ呆然《ぼうぜん》と立ち尽くす保穂に気づいていない。

「イッタロ。『くだしゃい』ではなく、『さい』だ」

「壱は、イッタロではありません」

生意気な口調でぷいっと顔を背ける。

「じゃあ、壱。『ください』」

「くだちゃい」

「ちがう、ちがう。『さ』。いいか。歯を閉じて、息を出す。それから声だ」

外国人のコンラートに教えられていることなど、子供には気にもならないのだろう。小首を傾げながらも、壱太郎は歯を閉じた。向かい合う二人は、ひとしきり「しー、しー」と息を吐き出す練習を繰り返す。

「『く、だ、さ、い』」

「く、だ、……シャッ」

「いま！『さ』になってたぞ」

木の陰に隠れて盗み聞きしている保穂には、そう聞こえなかったが、褒められた壱太郎の顔はパッと輝いた。

「あ、に、シャッ、ま」

「ん？　アニサマ？　兄さまか」

「あい。壱の大好きな兄しゃま。きちんとお呼びしたいのです」

「かわいいけどね。それも」

コンラートは優しく笑ったが、頑固な壱太郎はまた頬を膨らませる。

「そういう問題ではないのです！」

「……似てる。似てるな、その言い方」

しゃがんだ姿勢のまま、コンラートはさらに身を屈めた。忍び笑いで肩が揺れる。

「どっちもかわいい」

そう言って、壱太郎の柔らかにぽってりとした頰を指で摘《つ》まんだ。

「イチタロウ。言葉はね、伝わればいいというものじゃない。確かな発音ができなくても、その国の言葉をいとしく思うことが大事なんだ。きれいな言葉をきれいなまま口にする。そういうことだ。……わかるか？　わからないか」

肩を揺すって笑い、壱太郎の髪をそっと撫でた。

「兄さま」

コンラートが静かな声で手本を口にする。

「あに……」

壱太郎が声を詰まらせた。無理な矯正がどもりに繋がるという話を思い出した保穂は、思わず飛び出そうとした。

「兄さま」

それよりも早く、コンラートが繰り返す。

「あにしゃ……あに、あに……」

「兄さま。一緒に言ってみるか？　あにさま、あにさま、あにさま」

「あに……、あにさ、……あにしゃ、あに、ま……あにさま……」

コンラートの声に弱々しく重なっていた幼い響きが、少しずつ大きくなっていく。

「言えるんだよ、壱。落ち着いて口にすれば、ちゃんと言える」

小さな両肩を摑んだコンラートが立ち上がる。

飛び出しかけた姿勢でいた保穂は、いまさら隠れることもできず、二人の姿を見ていた。

ジャケットの裾を引っ張り直したコンラートが、くるりと振り向く。

まっすぐに向けられた視線にも、保穂はもう驚かなかった。

「あ、兄しゃま！」

「壱……」

コンラートの低い声にたしなめられ、両肩をすくめた壱太郎がへへっと笑う。

「あにさま、お友達がおいでですよ」

大きく息を吸い込んでからの言葉に、練習の結果が出た。保穂はにっこり笑って、壱太郎へとうなずく。

「はい。ありがとうございます」

うまく言えた壱太郎の頭を撫でたコンラートは、保穂にではなく壱太郎に声をかけた。

「壱。私は『兄さま』に用事があるから、しばらく向こうへ行ってくれるか」

「……あい。壱は子供ですから、大人のお話には入りません」

心得たようなことを言う壱太郎は、気をつけの姿勢でくるりと向きを変え、行進の足取りで本殿の方へ向かった。

「かわいい子だな。君の兄上の子だって？」

「そうです」

答える保穂は、視線を逸らしたままだ。ついさっき、兄との会話で思い出してしまったこともあり、とてもじゃないがコンラートの瞳を見られない。

それが、失礼にあたったとしても、そんなことはいまさらだ。

あの日、保穂は何も言わずに逃げ帰った。その後も、一切連絡はしていない。

「手の傷を見たが、火傷のようにも……」

コンラートの言葉に、保穂は目を吊り上げた。コンラートの瞳を見ないように眉と眉の間を睨みつけると、相手も黙る。

何も言われなくても、ここへ来た理由はもうわかった。コンラートは『風ミサキ』の真偽を確かめに来たのだ。そして、壱太郎の痣を見つけ、検分した。

「少しでも、あなたのことを見直した自分が、むなしい」

「嫌われるようなことをした覚えはないな」

「はっ？」

「君の方こそ、平気なのか。自分と引き換えに、あの刀剣を譲らせるつもりだったんだろう。逃げ帰ったきりで、連絡もしてこない。呪いの話は、骨董欲しさの詭弁《きべん》かと思って、確かめに来たんだ」

「……そんな、口八丁を」

「くちはっちょう？　どういう意味の言葉だったかな」

「あなたみたいに、口から出まかせばかり言うことですよ！」

「はっ……、ははっ」

いきなり笑い出したコンラートがちらりと壱太郎を見た。

「そっくりだな。その言い方。あの子にとっての君の存在がよくわかるよ」

「笑わないでください。僕のことを、ゆすりたかりだと思ってたんですか」

「いや？　そうだったとしたら、すっかり騙《だま》されたなと思っただけだ。それでも、気持ちに変わりはないけどね」

「あ！」

叫んだ保穂は両手をコンラートへ向けた。

「それ以上、近づかないでください！　絶対！」

「何も、こんなところで迫りはしないよ。子供も見ているのに」

「信用できません。どうせ、挨拶だとかなんだとか言って……」

「あぁ、そうだ。挨拶がまだだった」

笑顔のコンラートから手を差し出され、保穂はじりじりと後ずさる。

「草履、どうしたの？」

「え？　あぁ、これはさっき」

慌てて駆け出したときに脱げたのだと説明しながら階段へ戻り、草履を拾う。どうしたわけか、屈んだのと同時に、コンラートの言葉を思い出し、真っ赤になった保穂は体勢を崩した。

「あっ」

と、叫んだ保穂の腰にコンラートの腕が回る。ぐいっと引き寄せられた。

「危ないな」

ため息混じりの声は、呆《あき》れた響きが甘く響く。

「君はしっかりしているようで、危なっかしい」

「……離してもらえませんか」

腰を抱かれたまま、裸足の足に草履を引っかけた。

「嫌だ。君の抱き心地を思い出しているところだ」

「ご冗談をっ！」

腕をほどいて逃げたが、コンラートの腕に後を追われ、袴の腰紐《こしひも》を掴まれた。引き戻され、もう一度腕の中に戻される。

今度は、上半身も抱き寄せられ、保穂は身を固くした。

「あの日、君も達したんだろう？」

耳元にささやかれ、恥ずかしさで身体が熱くなる。嫌な汗がどっと噴き出し、保穂は目眩《めまい》を感じながら踏ん張った。

「あんたの流儀は、僕に向かない……っ」

「くちづけがしたいな。だめ？」

「だめに決まってる！　だいたい、子供のいる前で、って、言った、じゃないですか」

コンラートの腕を叩き、指を引きはがして身をよじる。なんとかして逃げようとした保穂は、うなじを吸い上げられて崩れた。

「んっ……」

思わず甘い声が洩れ、自分でも信じられなくて動転した。コンラートの足を踏みつけ、つんのめりながら逃げる。

「いい反応だ。さすがは、男を知ってるだけあるな」

「誰がそんなこと！」

振り向くと、コンラートはすぐそばにまで迫っていた。

「君だろう」

言われて思い出した。初めて会ったとき、主導権を取られまいとした保穂は嘘をついた。誘惑をするつもりだったからじゃなく、ただ、そうすることでコンラートを牽制できると思ったのだ。

いまなら、絶対に、間違ってもそんなことは言わない。

「この数日、どうしていたんだ。君からの連絡を、ずっと待っていたのに」

「忙しかったんですよ！」

右に逃げた保穂をコンラートが追う。摑まる前に、左に逃げると、コンラートも同じ方向へ移動した。

これではまるで追いかけっこだ。本殿の階段に座った壱太郎は、すっかりそう思い込んでいる。にこにこしながら、保穂とコンラートの動きを目で追っていた。

「壱が見てます」

「知ってるよ」

「やめてください。子供みたいなこと」

「そう言うなら、さっさと捕まりなさい」

「嫌です。どんな目に遭わされるのか、わかったものじゃない」

「まさか！」

パシッと高い音がして、コンラートの手が保穂の手首を摑んだ。

「僕の心を盗んだのは君だ。お仕置きをするのは、当然のことだろう」

力任せに腕を引かれ、すかさず腰を抱き寄せられる。

「さぁ！　捕まえた！」

コンラートが大声で宣言すると、壱太郎がケラケラ笑う。

「ずるい……」

保穂と遊んでいても、こんなに楽しそうには笑わない。ほんのわずかな時間で、コンラートは壱太郎の心を開いてしまったのだ。

「どうしてやろうかな」

「どうしてやろうかな！」

コンラートのささやきを真似た壱太郎の低い声が聞こえ、頑なになっていた保穂の心がほどける。

「壱、猫だ！」

コンラートが叫び、壱太郎が振り返る。その視線の先を追った保穂の頬を、コンラートが掴む。騙されたとわかった瞬間にはもう遅い。

「ねぇ、いないよ。にゃあにゃあ、いないよ」

「逃げたかな」

壱太郎が視線を向けてくるよりも早く、くちびるを盗んだコンラートは腕を離す。解放された保穂は、怒るに怒れず、自分のくちびるを手の甲で強く拭った。

「ほんとうに、いたの？　嘘をついたでしょう！　嘘はいけないんですよ！」

腰に手を当てた壱太郎が反り返り、前髪を掻き上げたコンラートは笑い声を上げた。

「いたんだけどなぁ」

「兄さま、くぅのが嘘をつきました」

「ん？　くぅの？」

初めはなんのことかわからず首を傾げた保穂だったが、すぐにそれがコンラートのことだとわかった。『クーノ』は彼の愛称だ。

「すぐに見つけない壱が悪いんだ」

コンラートに言われ、壱太郎がぐっと押し黙る。さっきまで仲の良かった二人の間に不穏な空気が流れ、

「そんな……、子供の目では」

保穂はその場を取り繕おうと口を開く。

「いませんでした。……いませんでした」

目を潤ませた壱太郎が、保穂を見上げ、信じてくれと訴えてくる。もちろん、正しいのは壱太郎だ。

保穂にくちづけしたいがための姑息《こそく》な嘘に踊らされたに過ぎない。

「コンラートさん……、困ります……」

いたともいなかったとも、保穂には言えない。いたと言えば見つけられなかった壱太郎が傷つき、いなかったと言えばコンラートが嘘をついたと証明することになる。そうなると、今度は保穂に対して、コンラートを叱《しか》れと言い出しかねないのだ。

保穂の目配せを受け、コンラートは形のいい眉を跳ね上げた。

「あぁ！　あの草を猫だと思った、かな……」

と、顔をしかめながら言い、それを聞いた壱太郎の顔に笑顔が戻る。

「そうでしょう！　くぅのの見間違いです。いけませんよ。ごまかしたりしては」

「えぇ……わかり、ました」

答えるコンラートは笑いをこらえている。壱太郎が保穂の口真似をしていると思うからだろう。

「壱。目上の方に、そんな言い方は」

と、保穂が口を挟んだが、どうやら二人は友達になってしまったらしい。コンラートは身を屈め、

「申し訳ない。お詫びに、どうだろう。私の別荘へ招待してあげよう。高原の小さな家だけど、近くのホテルでパーティーもあるんだ」

「こ、コンラートさん！」

びっくりした保穂が腕を摑むと、コンラートはその手をそっと握ってくる。ちらりと向けられた視線に、いたずらっぽい笑みがあった。

「あんた……っ！」

パッと手を離したが、強く握られたままで振りほどけない。

「もちろん、君もついてこないとね。保護者なんだから」

「そんなところへは行きませんよ。保護者である僕が許しません」

「へぇ、そう……。壱、困ったね。お許しが出ないようだよ。いやはや、残念だ。高原は風が気持ちいいし、馬にも乗れるのに」

「くぅのは、お馬に乗れるのですか」

「乗れますよ。もちろん。こう見えても、軍人ですから」

「兄さま、だめですか？」

くるりと向き直った壱太郎の目が、きらきらと輝いている。

「い、いけません。お父さまにも相談しなければ」

「では、私がいまから行って」

保穂の手を離したコンラートが、踵を返す。

「あぁっ！　ま、待って、くださいっ！」

やっと解放された手で、保穂はコンラートを引き留める。

「兄には僕から……」

「余計なことを言うつもりはないよ」

「そんなことを言いながらあることないこと吹き込むのが、あなたでしょう。もうわかってますから。信じません」

「それは残念」

壱太郎には見せない顔でほくそ笑まれ、保穂は地団駄を踏みたくなる。

コンラートの策略に乗せられたのは悔しかったが、避暑地へ行けると知って喜ぶ壱太郎の笑顔ですべてが帳消しになってしまう。『風ミサキ』を受けたあの日から、壱太郎は友達も作れず、この境内でほとんどの時間を過ごしてきた。

楽しみといえば、ときどき街へ出ることだけだ。誘いに乗ることで気晴らしになるのなら、壱太郎の精神衛生にはいい。

「移動の心配もいらないよ。私の馬車に乗っていけばいいんだから」

夏の高原の素晴らしさを壱太郎に語っていたコンラートが、黙っている保穂の視線に気づく。でも、本当の心配ごとは、それじゃない。

「……『獅子吼』は」

「持っていった方がよさそうだな。留守の間に盗まれでもしたら大変だ」

油断ならない笑顔を保穂に向け、

「一緒においで。刀を取り戻したいなら、僕と深い仲になるのが近道だ」

「そんなつもりはありません」

「私は楽しみだけどね。君と、湖のボートに乗って」

続く言葉は言われなくてもわかっている。くちづけと言う単語が出てくる前に、コンラートを睨み据えた。

「残ったところで盗みに入るのは無理だと、よくわかりました。でも、もう、あんなことは絶対しませんから。どうぞ、壱太郎のよき友人、よきお手本となっていただけますよう、よろしくお願いします」

手を膝に揃え、頭を深く下げる。

「正攻法で来たときの君には、勝てる気がしないな」

金色の髪を撫で上げたコンラートは、友重が噂に聞いてきた通りの美丈夫だ。そして、ときどき、とろけるほど優しい笑みを見せ、同時に油断のならない悪巧みをする。

「それじゃあ、早く負けてください」

「君が私のものになるならね。その足元にひざまずいてもいい」

軽い言葉をなじろうと振り向いた保穂は、うかつにもコンラートと目を合わせてしまう。

嘘だろうか、本当だろうか。

そんなことはどうでもいいのに、気になりだしたら止まらない。

「コンラートさん。僕たちが争っているのは、刀剣の所有権です」

「そうだったかな。君があんまりにもきれいだから、すっかり忘れていた」

コンラートの足元で遊んでいた壱太郎が、今度こそ猫を見つけて立ち上がる。

「君の黒髪と、潤んだ瞳を夢に見たよ。黒い色を、ここまで神秘的に感じたことはない」

伸びてくる手を、間髪を容《い》れずに叩き落とす。

「一緒に行くのは、壱太郎のためです。あの子の友人になってくださるあなたなら、戻ってくるときにはきっとご理解いただけていると信じます」

「やっぱり、君が好きだな」

保穂の話を聞きながら、いったい何を考えているのか。

おそらく不埒すぎることに違いないから、問いただしたくもないが、保穂は深いため息でじっとりと睨む。

「日本語、わかります？」

「愛の言葉ならね」

嫌味さえもさらりと切り返され、保穂はそっぽを向いた。その仕草さえ、拗《す》ねたときの壱太郎に似ていると、自分でも気づいた。

4

風に揺れる草原に雲の影が映る。それがゆっくりと移動していくのを眺め、保穂は弁当箱の中から握り飯を取り出した。

木陰に敷いた布の上に座り、ひとつを壱太郎に持たせる。

十四日間の予定になっている避暑旅行の四日目。仕事関係の挨拶回りがあると出歩いていたコンラートにようやく時間ができて、保穂と壱太郎はピクニックに誘われた。

外国人の別荘地になっているらしい高原は、保穂が驚くほど多くの外国人が集まっていた。夏の社交場にもなっているのだ。

いまも草原のあちらこちらで昼食会が行われている。大人も子供も洋装ばかりで、袴姿の保穂と着物姿の壱太郎が人目を引く逆転現象が起こっていた。

コンラートが二人のために作らせた握り飯を両手に持ち、正座をした壱太郎は、物珍しそうに外国人の子供たちを目で追う。

一緒に遊ばないかと誘いに来てくれたが、保穂はすかさず壱太郎を背に隠し、お礼と言い訳を口にした。子供たちがフランス語を話したので、履修したフランス語で返してみたが、正確に伝わったかどうかは怪しい。

「あ、くぅの！」

嬉しそうに弾む声につられて目を向けると、生成り色のスーツを着たコンラートが、ジャケットの裾を翻しながら颯爽《さっそう》と歩いてくるのが見えた。麦わらで編んだ帽子が涼しげだ。

「誘っておきながら、なかなか相手ができなくて申し訳ない。壱、おにぎりはおいしいかい」

「あい、くぅのもいただきますか？」

「わたしはいいよ。いろいろとつまみ食いをしてきたから、もう入らない」

そう言いながら、壱太郎の口元についた米粒を摘まみ取り、ぱくりと口に入れる。

「行儀が悪い」

見咎めた保穂が冷たく言うと、肩をすくめ、にこにこ笑いながら首を右へ左へと傾げてみせる。

「なんですか」

「ん？　君の顔にも米粒がついていないかと思って」

「ついていませんよ。そんなに、見ないでください」

「いいじゃないか。見てるだけだ」

「嫌です」

「つれないなぁ。そういえば、保穂。フランス語が話せるんだって？」

保穂の隣に座るようにして、コンラートは壱太郎を膝に抱き上げる。

「高校で習っただけです。……通じたのかどうか」

「通じていたよ。意外だって、噂になってた」

「意外、ですか」

悪口を言われているのだと思った保穂は眉をひそめる。

「そういう意味じゃない」

コンラートは軽く笑い飛ばす。

「それより、壱を遊ばせてやらないのか？　子供同士なら、言葉なんて」

「ダメです！」

ぴしゃりと言い返した保穂は、手にした握り飯を弁当箱に戻した。

「お気持ちはありがたいのですが、僕らはじゅうぶんに楽しんでいます」

「それは、あのことが理由なのか」

コンラートの視線が壱太郎の痣に注がれ、保穂は答える代わりにくちびるを引き結んだ。

「保穂……」

耳元の髪に近づくコンラートの手を払いのけ、

「あなたに理解できなくてもいいんです。……何かあってからじゃ遅いでしょう。あんなに楽しそうな家族を巻き込むなんて」

「考えすぎだ、保穂。私はいろんな国を見てきたけれど、呪いなんてものは迷信だ。先進的な考えを……」

「怒らせないでください」

キッと睨みつけた後で、保穂はしおらしく視線を逸らした。そのあごにコンラートの指が添い、そっと元へ戻される。

「悪かった。神社を離れただけでも、不安に感じているんだろう？　わかってるよ。でも、いざとなれば霊刀もあるじゃないか」

「そういうものじゃありません。憑き物を落とすには、それなりの作法があるんです。襲われて切り返すのとは違います」

「そうか。知らないことばかりで申し訳ない」

まっすぐに見つめられ、保穂は戸惑った。それが外国人の礼儀なのか、保穂に対する特別な感情からなのか。わかりかねて落ち着かない。

強引なコンラートだが、ここへ来てからは保穂との距離感をはかっている。気分を逆撫でしないように下手《したて》に出ることが増えたし、さりげない瞬間に『好きだ』とささやかれることさえ機嫌を取られている気分になるぐらいだ。

絶妙な駆け引きでまたやり込められるのかと思うと油断ならないのに、コンラートの気遣いが嬉しくもあった。ときどき、必要以上にきつく言い返す自分を苦々しく思うのも、そのせいだ。

「明日は三人だけで乗馬をしよう」

ぎこちない雰囲気を、明るい声が払拭《ふっしょく》する。コンラートの膝の上に座った壱太郎が満面の笑みで保穂を振り向く。

何をするにも許可が必要なことを、壱太郎は幼いながらも知っていた。それが不憫《ふびん》だと思うから、保穂の胸は締めつけられる。

「言葉のわからないふりをしていればいいさ。みんながみんな、フランス語を使うわけではないし、日本人は恥ずかしがり屋だと思うだけだ。……保穂の好きなように過ごしていい」

心の中を見透かしているように言われ、保穂はそっぽを向いた。

「あれ？　気に食わないことを言ったか」

不思議そうなコンラートの声が面白くて、顔を背けたままで笑いを噛み殺す。

視界の先で雲が流れ、影がまた草上《そうじょう》を渡っていく。

「兄さまのご機嫌取りは難しいな」

壱太郎へと耳打ちするのが洩れ聞こえたが、知らないふりで通した。

　翌日も夏空は爽やかに晴れ、コンラートは約束を守った。

　馬場まで連れていかれた保穂と壱太郎は、膝まである乗馬靴を履いたコンラートの走らせる馬が障害物を飛び越える軽やかさに目を奪われる。

　馬に乗ると聞いた壱太郎の母親は、子供用の馬乗り袴を旅行に間に合うように急いで仕立てた。それを身に着けた壱太郎はまるで小さな若侍だ。

　最初に「わぁ」と声を上げたきり、保穂が顔を覗き込んでも気づかないほどの夢中ぶりだった。

　コンラートが馬を下りる頃には、すっかり尊敬のまなざしになり、馬に乗ってみるかと言われていまさら返事をするのも恥ずかしがる。自分と同等だと思っていた『友達』が、実は尊敬すべき大人だと気づいたのだ。それを悟ったコンラートはわざと馬にべろりと舐められておどけ、改めて壱太郎を馬上に誘い直す。いつもながらに子供のあしらいがうまい。

　おそらく、女相手でも同じだと思った保穂は、柵《さく》の外側から壱太郎に手を振りつつ、その後ろに寄り添う馬上のコンラートを見た。

　二人がコンラートの別荘へ行くと知り、兄夫婦よりも心配したのは半兵衛だ。反対するわけではなかったが、出発の間際まで一緒に行こうかと繰り返し、最後の最後には、意に染まぬ場合は刺し殺してもかまわないと物騒なことを言った。

送り出しの言葉にしては強烈だと思ったが、それほど半兵衛はコンラートの噂に熟知しているのだ。話の端々に見え隠れする花街の噂をどこで聞いてきたのかと詮索《せんさく》されたくないばかりに、半兵衛はいつも薄紙で包んだように話していたが、コンラートの好色さは間違いないと保穂も思う。

気配りと優しさは天性のものだとしても、意地の悪い駆け引きを楽しむところは、学生の頃に知り合った軟派な手合いを思い出させるからだ。

女の気を引くのに長《た》けた彼らが子供にも優しかったかどうかはわからないが、保穂に対してはほどほどに親切だった。それを下心だと酷評した学友もいたが、その本人こそが押しつけがましい友情を求めてきたのだから、なんともいえない話だ。

そんなことを思い出しているうちに、馬が戻ってきた。

次は兄さまの番だと興奮する壱太郎を前に、保穂は戸惑い、直後に自分は大人だから一人で乗るのだと気づく。

顔を背けて忍び笑いを洩らすコンラートが、「それより」と言って身を屈めた。

「景色のいいところまで行ってみないか？　馬に乗れば、壱太郎の足でも遠くまで行けるよ」

「行きます！　いいでしょう、兄さま」

乗馬がそれほど楽しかったのか。コンラートなら、もっと楽しいことを知っていると思うのか。無邪気な目に見上げられ、保穂はかすかに頬を引きつらせる。

馬乗り袴を穿《は》いてはきたが、遠乗りには自信がない。

「私が馬を引くから、二人で乗りなさい。大人の足なら、そう遠くはない」

壱太郎が喜び勇んで、元気よくお利口な返事をしたから、保穂は何も言えなくなる。三人だけで出かけるなら、よその子供を気遣う必要もない。断る理由はなかった。

振り分けの荷物を背負った馬へと保穂を押し上げたコンラートは、壱太郎が前に乗るのを手伝ってから、注意事項をわかりやすく説明してくれる。その最後に、保穂の手を握ったのは余計だったが、

「心配ないよ。私がついているのだから」

と笑いかけられ、それほど怯えきった顔をしているのだろうかと心配になる一方で、心強い気分がした。

不安を抱いている相手に対して、貶《おとし》めるようなからかいを口にしない男だ。きっと性根は、男も女も子供も大人も関係なく優しい。

ぽっくりぽっくりと楽しげなリズムで歩く馬を引くコンラートは、二日前にも仕事仲間と乗馬で通ったのだという道を迷いもなく進んでいった。

白樺《しらかば》の並木を抜け、小道に入る。馬から見る景色は、人力車や馬車から見るのと違って

いた。何よりも、馬は狭い道も通っていける。

途中の小休止で馬を繋ぎ、小川で水を飲んだ。絞った手拭いで壱太郎の顔や背中、それから手足を拭い、保穂も顔を洗った。

高原とはいえ、慣れない馬に乗っていることもあって、じんわりと汗をかいている。冷たい濡れ手拭いでさっぱりした肌に、木立を抜けた風が当たり、小川を覗き込む壱太郎を眺めながら保穂は両手を大きく突き上げた。

伸びを取りながら、ふと見ると、コンラートが馬を下流に連れていき、水を飲ませていた。何ごとかを話しかけている。耳を澄ましても声は聞こえず、保穂は戻ってきたコンラートに好奇心で尋ねた。

「二人をとても上手に乗せてくれているから、お礼を言ったんだよ」

そんな答えが返ってきても、冗談だとは思わなかった。

「馬も疲れるでしょうね」

保穂が言うと、コンラートはひょいと肩をすくめた。

「君を乗せているんだから、光栄だろう。代わりたいぐらいだね」

今度は冗談とも本気ともつかないふざけたことを言い、壱太郎を呼び寄せた。それが出発の合図になる。

そこからはすぐだった。小川に至るまでの半分ぐらいの時間で林を抜ける。昨日のピクニック会場よりも広い草原は、小高い丘の上まで続き、傾斜のてっぺんに緑の葉をこんもりとつけた木が一本生えていた。その背後に湧き立つ入道雲は、馬で登っていくほどに大きくなっていく。

「壱を連れて、この坂は大変だろう。この子がいてくれて助かった」

傾斜を登り切り、馬を日陰に繋いだコンラートは、何よりも先に、降ろした荷物の中からニンジンを取り出す。

「人間よりも、功労者が先ですね」

保穂も馬に近づき、美しい栗毛をそっと撫でた。コンラートはまず一本、自分がニンジンをやり、それから壱太郎を抱きあげた。利口な馬だ。コンラートからもらったときのようには食べず、お上品に開いた口にゆっくりとニンジンが入ってくるのを待つ。

「乗せてくれて、どうもありがとう」

食べ終わったのを待った壱太郎が声をかけると、ぶるるっとくちびるを震わせ、撫でろと言わんばかりに鼻先を突き出す。

壱太郎は臆《おく》せずにとんとんと馬の肌を叩いた。

「さて、それじゃあ、我々も腹ごしらえをしよう。今日はパンだ」

コンラートが布を広げ、保穂と壱太郎は、その端を押さえようと追いかける。意地悪をしたコンラートが布を引き、壱太郎がごろんと転がった。驚いた保穂が駆け寄る前に、ケラケラと陽気な笑い声を上げ、壱太郎が起き上がる。

今度は布地の上に飛び込み、ちょこんと重石のように座った。さすがにそれを転がすこともできず、布を敷いたコンラートはベルトのついた上着を脱ぎ、荷物を引き寄せる。ナイフでパンに切れ目を入れ、ハムを挟んだ。まずは保穂が受け取り、壱太郎の分はパンを器用にスライスして、食べやすいサイズにしてくれる。

その手つきを眺めながらパンにかじりつくと、コンラートが忘れていたと言いながらチーズを取り出す。渡されたのを、保穂は自分で挟んだ。

草原の向こうには、名も知らない山が見える。草原は見えない風になびき、ときどき保穂たちの髪も揺らしていく。

いつにない食べっぷりを見せた壱太郎は、一人前をぺろりと食べ尽くし、小さな手をお行儀よく合わせてごちそうさまを言った。

「うん。腹もいっぱいになったことだし」

薄手のシャツの胸ボタンをはずしたコンラートが髪を掻き上げる。器用な指先の動きを目で追った保穂は、じんわりと汗の滲んだ額を美しいと感じてハッとした。

慌てて目を逸らし、コンラートが続きを言う前にすくりと立ち上がった。

「よし！　壱太郎。兄さまと相撲を取ろう」

「それは私のセリフなんだよ……」

同じことを言い出すつもりだったらしいコンラートがこめかみを指で掻く。まぁ、いいけどねと言うのを聞きつつ、保穂は袖から腕を抜いた。

「え？ 保穂っ……」

驚いたコンラートの声は、

「あい、兄さま！」

飛び跳ねて立ち上がった壱太郎の声にかき消される。

夏着物とはいえ、汗をかけば暑いし、熱がこもる。汗をかいた後の気持ちの悪さを思えば、諸肌《もろはだ》をさらしておく方がいい。

そう思った保穂は、自分を好いていると言ってはばからないコンラートのことをすっかり忘れていた。もちろん、そこにいることはわかっている。でも、男の好意がどういうものなのか、それを失念していた。色恋に疎い上に、ピクニックの爽快さで、警戒心さえ吹き飛んでしまった結果だ。

幼い壱太郎が保穂の腰にしがみつこうと腕を伸ばす。中腰になった保穂が払いのけるが、ちょろちょろと動き回り、脇から入って袴を摑んだ。そのまま足にしがみつき、ぐいぐいと押す。

一度、二度と保穂は振り払った。転がされた壱太郎は両手をついて起き上がり、着物についた草を払うのも忘れて突進する。

ついに保穂の体勢が崩れた。

「兄さまの負け！」

馬乗りになった壱太郎が声を上げ、額の汗を拭った保穂は上半身を起こした。

「壱は強いな」

声をかけると、調子に乗って胸を張る。

「次はくぅのですよ！　壱がお相手してあげましょう」

大人の口真似をして立ち上がる。

「さて。泣くなよ、壱」

笑いながら応えたコンラートが腕をぐるぐる回した。倒れていた保穂は場所を開け、布地の上に戻って腰の手拭いを取った。

汗をぬぐいながら、二人を見る。

保穂に対するのと同じように突進する壱太郎を、コンラートは器用に転がす。引き剝《は》がすというよりは、初めからわざとおおげさに回転させる気でいる。そんなことを知りもしない壱太郎はぎゅっとくちびるを引き結び、子供ながらに腰を落とした。

ぴゅんと飛び出した身体を、コンラートはひょいっと放り投げ、空中で捕まえるなり、自分ごとぐるぐると回る。

悲鳴を上げた壱太郎は怖がったわけじゃない。抱え上げられているときはぐっと奥歯を嚙んでいるが、草の上に降ろされるとふらふらになりながら笑う。

コンラートにもう一度かと聞かれ、はいと応える。二度目と三度目は、壱太郎からせがみ、おまけの四度目でコンラートが草に突っ伏した。

「降参だ……」

「壱が一番ですね！」

キラキラした目で立ち上がった壱太郎だが、まだふらふらして足元が危うい。呼び寄せた保穂は、袴を脱がせてやった。短く着ている着物は尻が隠れるぐらいの長さだが、人目があるわけじゃない。汗が引くまではこのままだ。

草の上に座ったコンラートが、脱いだシャツで汗を拭おうとしているのに気づき、保穂はそばへ近づいた。

「僕の手拭いでよければ、どうぞ。大変でしたね」

「ありがとう。借りるよ。壱は負けん気が強いな。いいことだ」

そう言いながら汗を拭うコンラートの身体は、がっしりとした筋肉がついていた。鍛えても薄くしか肉のつかない保穂とは、身体の成り立ちからして違う。

単純な興味からまじまじと見てしまい、失礼だと気づいて目を伏せた。そこへ手拭いが返され、コンラートと目が合わないことに気づいた。

何かと言っては保穂の顔を覗き込み、目を合わせてくるコンラートがさっきから不自然ろうとするコンラートへ手を差し伸べた。その理由を考えもしない保穂は、不愉快に感じながら、立ち上がろうとするコンラートへ手を差し伸べた。

「大丈夫だ」

と、親切を無にされ、内心でムッとする。宙に浮いた手を引くに引けなくなり、立ち上がろうとしているコンラートの肘を掴んだ。

ふいに顔を上げた目と、視線がかち合う。青い瞳を真っ向から覗き込むことになり、保穂は狼狽した。

心の中を覗き込まれると思い、とっさに、自分から掴んだ腕を振り払ってしまう。

「あっ！」

その勢いで足元がもつれたのと、

「保穂っ！」

コンラートに呼ばれたのはほぼ同時だった。倒れ込んだ先も草地だが、緩やかな傾斜になっている。もつれた足を踏ん張れず、転げ落ちると思った保穂は、白い雲の湧き立つ空を見た。景色はすぐに緑色になり、そして、影が差す。

コンラートもろともごろごろと転がり落ちた。勢いがついて、わずかな踊り場を飛び出し、さらに下まで足から滑り落ちて止まる。

「……っ」

閉じていたまぶたを開くと、身体の下にコンラートがいた。

「どこか、痛むか」

保穂を抱きすくめていたらしいコンラートから真剣に問われ、保穂はまばたきを繰り返した。初めの数回は、二人でころがった。保穂が下になったときは身体がきしんだが、どこも痛めてはいない。

「……」

自分の見ている青が、空ではなくコンラートの瞳だと気づいた保穂は、裸の胸に押し当たっている自分の手に気づいた。お互いに素肌だ。

驚いて起き上がろうとした腰を摑まれる。いたずらに背筋をなぞられ、ぞくぞくっと震えが走った。

「やめっ……」

「おチビが一緒でなければ、千載一遇のチャンスだったのに」

ふっと微笑むコンラートの目は本気だ。そんな相手のいるところで諸肌を脱いだことを保穂はいまさら激しく後悔した。

女じゃないんだからと思っても、コンラートにとっては保穂も恋愛の相手だ。

「そういう、うかつなところが好きだな」

いつもようにささやかれ、首の後ろを引き寄せられる。腕を突っ張って耐えたが、

「初心な色だ」

笑ったコンラートの視線に胸がさらされ、動揺した隙を突かれる。傾いだ身体を抱かれ、上下が逆転する。

一瞬、青い瞳に射すくめられ、息を殺したくちびるを塞がれた。素肌がこすれ合い、保穂は身をよじった。腰を押さえられ、下半身が重なる。

またあの日のようになっては失態だと思ったが、どうやって抵抗すればいいのかわからない。首を摑まれ、腰を押さえられ、両手は自由だが、コンラートの剝き出しになった筋肉に触れるのは怖い。

「やっ……ん、……ふっ」

貪るようなくちづけで息が上がる。舌のふちとふちがこすれ、濡れた感触に腰がずきりと疼いた。そのとき、

「兄しゃま〜、くぅの〜」

泣くのを必死にこらえた声が丘の上から滑り降りてくる。

「助けられたな」

間近で、青い瞳がいたずらっぽく笑う。そしてコンラートは抱き寄せた保穂を草の上に離した。

ちょうどよく、壱太郎が足から滑り落ちてくる。

た。

「兄しゃま、お怪我《けが》ですか」

二人が転げ落ちてしまい、かなり驚いたのだろう壱太郎の発音は元へ戻ってしまってい
「大丈夫だよ。コンラートさんが助けてくれたからね」

答えながら、身体についた草を手早く払い、着物の袖に腕を通す。

「髪にも」

コンラートの指が伸びてきて、保穂はうつむいた。振り払うこともできず、されるがままに草を払われる。

「くぅのも草だらけ！」

笑った壱太郎がコンラートに摑まりながら金色の髪を手のひらで乱した。

「痛い。痛い。……ははっ。壱。髪を引きちぎるなよ」

じゃれ合う二人を横目に、保穂はおずおずと手を伸ばし、汗で濡れているコンラートの肌から草を取る。

何か言いたげに目を向けられたが、顔を上げずにいると、そのまま沈黙が流れた。

風が吹き抜け、太陽が隠れて日がかげる。

「明日も暑いなら、川へ行こうか」

静かな口調でコンラートに問われ、

「泳げないんです」

保穂は素直に答えた。人には言いたくないことだったが、不思議なほどするりと口にできた。

「じゃあ、湖でボートだ。釣りをしよう」

「あい！」

壱太郎が元気よく答えたので、保穂は顔を上げた。コンラートがそっちを向いていると思ったからだ。

でも、視線はぶつかった。

くちづけをしたときと同じ瞳で見つめられ、保穂は火照《ほて》りを覚える。意識が遠のくような気がして摑まったのは、コンラートの腕だ。重なった手を振りほどけず、湧水の泉のように濡れている瞳を見つめ返す。

何も知らない幼な子は、一人で斜面を上がろうと草を摑み、それがあっさりとちぎれてずりずりと滑り落ちた。

＊＊＊

星がきらきらと輝く空の下、篝火《かがりび》がちりちりと音を立てて燃えている。食堂から聞こえてくる生演奏は、保穂にも壱太郎にも物珍しかった。

庭の片隅に置かれた長椅子に座り、にぎやかなパーティーを遠巻きに眺める。あちらこちらで交わされる会話はすべて外国語だ。目に入る客たちも、背が高く彫りの深い外人ばかりで、壱太郎のことがなくても尻込《しりご》みしてしまう光景だ。

ピクニックのときよりも人が集まっているから、子供の数も多い。男の子たちは手にした竹づくりの鳥を戦わせながら大人たちの間を走り回っていた。

「くぅの。知らない人みたい」

足をぶらぶらさせながら保穂の隣に座っている壱太郎が意外なことを言い出す。

その手には、男の子たちと同じ、竹の鳥があった。この夏の思い出にと男の子たちが用意してくれた贈り物だ。

「そうだね。立派だものね」

と、保穂は相槌を打つ。

贈り物の仲介役を務めたコンラートは、篝火に囲まれた庭の中央にいる。仕事で来られない兄の代わりを務め、全身を豪奢な白い軍礼服で包んでいた。金色の髪もぴっしりと後ろへ撫でつけられている。

コンラートの出身国は、大陸の東にあるオーストリア＝ハンガリー帝国であり、家柄の格も高い。そう言われて納得できるほど、今夜のコンラートはいつもの何倍もめかし込み、それがしっくりと馴染《なじ》んでいた。

彼に向けられる婦人たちの視線は熱を帯び、それがいっそう銀のサーベルを腰に下げたコンラートの背筋をシャンと伸ばさせる。白い手袋を持つ手つきまでもが、様になっていた。

この数日、乗馬や湖に誘い出してくれた男とは別人に見え、保穂はふいに居心地の悪さを覚えた。ここでは日本人の方が異国の人間だ。暗闇《くらやみ》に紛れるような場所で、沈んだ色の着物と袴で座っていると、自分たちは亡霊のように見えるのではないかとさえ思う。

ふいに視界に影が差し、見たことのない男が身を屈めた。

何事かを話しかけられたが、言葉が聞き取れない。首を傾げて、もう一度と日本語で促すと、スーツに蝶《ちょう》ネクタイをつけた男が保穂の肩にそっと手を置いてくる。耳元でゆっくりと話され、その近さに首をすくめた。

言葉は英語だ。単語を区切ってくれれば聞き取れる。

「ノー、ソーリー」

はっきりとはわからなかったが、どうやら歩こうと誘われたらしい。首を振ったが、男は動じない。強引な外国人はコンラートだけじゃないなと思った保穂の腕を、長椅子に座った壱太郎がぐいっと引っ張った。

「のーのー。げったうぇい」

どこでそんな言葉を覚えてきたのか。保穂が目を丸くしている間に、男を追い払ってしまう。

仁王立ちした壱太郎は腰に両手を当てて、眉を吊り上げた怖い顔でぐりっと保穂を見上げた。

「『今日、保穂に触る男の人は、悪い人です』」

「え?」

「くぅのにお願いされました。兄さまが大変なら、壱が駆逐します」

「くちく……」

コンラートの語彙《ごい》は、ときどき保穂の想像を超える。数年の間、いったいどんなところで何をしていたのか。そんな想像をしてみたくなる。

「『くぅの』に、英語を教えてもらったんだね」

「あい」

肩をそびやかす壱太郎は、自分に任せろと言いたげに胸を叩く。

「のーのー、はだめ、だめ。げったうぇい、は向こうへ行け」

「まぁ、そうだ」

自信満々な壱太郎の姿に、仕事をしているコンラートがまったくこちらへ足を向けない理由がわかる気がした。こんな小さな子供に保穂のおもりをさせているつもりなのだ。

壱太郎はすっかりその気にさせられ、眉をきりりと吊り上げたまま、

「げんじゅうけーかい！」

などと言っている。長椅子に置かれている竹の鳥を差し出し、保穂は小首を傾げて笑いかけた。

「じゃあ、椅子の周りの警戒をよろしくお願いします」

「あい」

鳥を片手に、眉のあたりで指を揃える。コンラートの挨拶を真似たのだ。それから、鳥を飛ばすふりをして椅子の周りをぐるぐると回り出した。

これで、保穂に声をかけてくる人間はいなくなるだろう。

そう思うと、男の子たちの贈り物も、純粋な善意なのかどうか。疑いかけて、保穂は考えを止めた。

そこまで穿った考えをすることもない。コンラートは油断のならない男だが、根は善人だ。

何より、神社の境内と、限られた大人しか知らない壱太郎を、こんな異国の中に連れ出してくれたのだ。幼い子供の記憶には残らないとしても、今夜聞いている音楽は身に染み渡って、目には見えない財産になるだろう。

素直にそう思えるのは、この瞬間だけは壱太郎の身体を蝕《むしば》む呪いも、刀剣のことも忘れ

ていられるからだ。肩の力を抜いた保穂は、空を見上げた。

星のまたたきを見つめる、この一瞬で、壱太郎の呪いが消えたなら。あり得ないことを願い、そっとまぶたを閉じた。


膝にもたれて寝息を立てる壱太郎の手をそっと撫でる。

パーティーの雰囲気に呑まれて興奮していた壱太郎は、ぱったり倒れ込んだまま眠ってしまった。

星に願いをかけても、叶わないこともあるのだと、そんなことはとうに知っている。痣を指でなぞり、保穂はくちびるを噛んだ。

コンラートの言う通り、これが迷信だったならどれほどいいだろう。そう思っても、因習だと片付けることはできない。

壱太郎の肩を揺すった保穂は、起きないのを確かめ、その身体を抱きあげた。夜が更ければ風も冷たくなる。

パーティー会場になっているホテルから別荘までは歩いて帰れる距離だ。月も出ているし、先に帰ろうと決めて、コンラートを探す。子供と母親の数だけ人が少なくなった庭をぐるりと見渡し、それらしき白い軍服を反対側に見つけた。

なるべく客の邪魔にならないように動いて、近づく。

「コンラ……」

呼びかけた声をそのまま飲み込む。

先に振り向いたのは、コンラートの精悍《せいかん》な頬に手を添える妖艶《ようえん》な女性だ。保穂に気づくと、ドレスの腰に伸びたコンラートの手をそっと押さえた。

二人が何をするところだったのか。それぐらいのことは保穂にもわかる。くちづけをするところなのか、した後なのか。

女の濡れたくちびるからは後者のように思える。

「失礼しました。……壱太郎が眠ってしまいましたから、僕は先に」

女に向かって頭を下げ、後は一息に言う。

コンラートの顔を見ないままでくるりと背を向ける。出口はどこかと探しながら、ホテルの食堂に入った。とにかく二人の前から逃げたかった。

歓談する紳士淑女の間を抜け、玄関へ向かう。

「保穂。待ってくれ。保穂」

コンラートの声がして、肩を摑まれる。

「誤解だ」

出し抜けに顔を覗き込まれ、さっと視線を逸らした。

「僕は、何も。邪魔をしてごめんなさい。ただ、心配すると困ると思って」

「君たちを先に帰すと思ってるのか。一緒に行く。馬車を頼もう」

壱太郎を取り上げようとするコンラートから、保穂は身をよじって逃げた。それが思うよりも冷たい態度になる。

「相手の方に失礼です」

「昔の知り合いに、近況を聞かれていただけだ」

「……話をするのに、あんなに近づくんですね」

「ん？」

小声で口にした嫌味を聞きつけたコンラートが首を傾げる。

「ほら、壱を貸しなさい」

ぐったりと寝込んでいる子供は重い。ひょいと抱き取られ、急いで歩いたせいでいつもより負荷のかかっていた腕がふっと軽くなる。

コンラートが先に歩き出し、使用人に声をかけた。

待機してある送迎用の馬車がすぐにやってくる。

「退屈させたな」

ごとごと揺れる車の中で、眠る壱太郎を膝に乗せたコンラートが声をかけてきた。

「いえ、壱太郎が楽しんでいたので」

「君は？」

聞かれて答えに詰まる。見上げた星空と、人々の喧騒《けんそう》。聞こえていた生演奏の柔らかなリズムを思い出す。

でも、楽しかったとは答えられない。

黙っているうちに馬車が別荘に近づく。

「あんなことは、女の人とすることなんです」

馬車が止まったのと同時につぶやいた。そのまま降りて、壱太郎を受け取る。

「保穂」

柔らかなコンラートの声がやけに腹立たしく聞こえ、くちびるを噛んで顔を背けた。今は絶対に、青い瞳を見たくなかった。

光の加減で青にも緑にも見える瞳に映る自分がいたら、きっと言わなくていいことを言いたくなる。それが素直になるということならば、こんなに恐ろしいことはない。

「壱太郎のことを友人だと思っているのなら、『獅子吼』を取引の道具にはしないでください。」

肩にもたれかかる壱太郎を抱きしめ、保穂は暗い足元を見た。影が近づき、闇がまた深くなる。

コンラートの腕が触れてくる前に、保穂は背中を向けた。そのまま別荘の中に入り、足早に二階の部屋へ向かう。

居間を抜け、ドアの向こうの寝室に入った。壁に添って置かれた寝台に壱太郎を寝かせて、袴を脱がす。

うぅんと言いながら寝返りを打つ腰から帯を抜き、ひもをゆるめてやる。どんな夢を見ているのか、手がぱたんぱたんと布団を叩く。思い出した保穂は、自分の着物のたもとから、竹で作った鳥を出して持たせた。

寝ぼけて笑う顔を見ると、涙がこみ上げる。大きく息を吸い込み、壱太郎の髪を撫でてから隣の部屋へ出た。火の入ったランプが揺らめき、自分の影が壁に伸びる。

壱太郎と刀剣のことを考えようとするのに、頭の中に浮かぶのは妖艶な美女とコンラートだ。お似合いだったと思うたびに、苛立《いらだ》ちが募り、そんな自分に絶望する。

心が激しく混乱して、保穂は崩れ落ちるように深緑色の長椅子に腰かけた。両手で顔を覆って、息を整えようと試みる。

まぶたの裏に映るコンラートは笑っていて、そして意地悪く目を細めた。

いつからだろう。あの瞳を切実なほど恐れ始めたのは。

考えても思い出せない。ただ胸を掻きむしられるような熱情があるだけだ。

息を吐き出した保穂は、ドアを叩く音に気づいて肩を揺らした。コンコン、と音が響き、沈黙が続く。それからもう一度、ドアが叩かれる。わずかに開いたドアの隙間から、自分を呼ぶコンラートの声がした。

それはまるで悪霊の甘い誘惑だ。

足元からじわじわと広がる震えに保穂は慄いた。それでも立ち上がり、中へ入ってくる男に向き直る。

下げた視線の先に、コンラートの白い上着の袖が見えた。握られているのは赤い柄巻の太刀だ。

保穂の前まで来たコンラートが刀剣を真横に差し出した。

無言のまま、両手で受け取る。ずしっとした重みを感じる手のひらから懐かしいような波動が伝わり、保穂はリーンと尾を引く耳鳴りを聞いた。

金具の定紋と、塗り鞘の蒔絵は中央の丸を六つの丸が囲む『七曜紋』。平坂家が代々奉仕をしてきた八十矛神社の神紋に間違いない。

「獅子吼……」

口にすると、涙が溢れた。

「間違いありません。これが『獅子吼』です。僕の霊刀です」

涙がほろほろとこぼれ落ちる。探し続けた半身とようやく巡り会えた感慨で、身体が震えて止められなくなった。

「これを君に渡す気はない」

コンラートの手が、保穂の手首を強く握る。

「どうして！」

わかってくれたから部屋を訪ねてきたのだと思っていた保穂は、取り上げられた刀剣に手を伸ばす。コンラートは身をかわし、そのまま保穂を引きずるようにして移動する。

『獅子吼』を長椅子の座面に置くと、窓際に作られた午睡用の寝台へと保穂を突き飛ばした。獅子吼に触れた感動の抜け切らない保穂は、されるがままに倒れ込む。

すかさずのしかかってきたコンラートの手に肩を押さえつけられる。

「私を見てくれ」

あごを摑まれ、顔を覗き込まれる。視線を逃がした保穂は、言葉に逆らって目を閉じた。

「保穂。パーティーの間中、君を盗み見た。壱太郎を見ているその目が、私を見てくれたらと、そればかりだ」

コンラートの声は低く甘い。目を閉じていると、その声が余計に近く聞こえ、肌を愛撫《あいぶ》されているような気分がした。

コンラートが扉を叩くまで、保穂はこの男に対する熱に浮かされていたのだ。恋に疎くても、それがどういうことかはわかる。こうしてのしかかられ、くちびるに吐息が当たればなおさらだ。

「離して……」

消え入りそうな声で言うのが精いっぱいだった。

「あの刀を君に貢ぐぐらいのことは造作もない。だけど、君は私を見ないだろう。さっき、君が嫉妬してくれたんだと思った。でも、そうじゃないね。保穂、君の目はいつも、私を通り抜けて壱太郎を……、あの刀を、見ている」

熱っぽい訴えに、保穂は恐る恐るまぶたを開く。苦悩の表情を浮かべたコンラートは、目を伏せていた。

そして、保穂の知らない表情で続ける。

「恨まれてもいい。その瞳が私を見るのなら」

二人の間に差し込まれたコンラートの手が袴の裾をたくし上げる。

「コンラッ……」

襠《まち》のない行燈《あんどん》袴がずり上がり、保穂の足が薄闇の中で露わになった。

「抵抗はしなくていいだろう。あれが間違いなく君の刀なら、君の初めてと引き換えに貢ぐよ」

「あっ……」

初めてと言われ、息が喉に詰まる。這《は》い逃げようとした腰を摑み戻され、四つ這いの体勢で袴がめくられた。

「都合がいい」

意地の悪い声が聞こえ、保穂は綿の入った寝台に爪《つめ》を立てる。越中の後ろを摑み引かれ、ひもから布地が抜けた。コンラートの手が足の間に差し込まれて、急所をやんわりと摑まれる。

「……っ」

「前は、触りもせずに出したんだったな。今度は、じっくりと私の手を感じてくれ。君が、初めての男を忘れないように」

片手で軍礼服の上着を脱ぐコンラートの手が、足の間から抜けて前へ回る。

「んっ……」

握りこまれて揉まれると、そこはたわいもなく陥落した。じわじわと熱が集まり、自分でもわかるほど硬くなる。

「あっ……ぁ……っ」

「保穂。感じてるんだな」

剝き出しになっている肌をさするコンラートの声に、自分がどれほど淫らなことをしているのか、嫌でも自覚させられる。腰が震え、逃げるに逃げられない、甘だるい快楽に絡め取られた。

どんな言い訳も通用しない男の性をしごきたてられ、保穂は行きつく先のことだけを考えた。ふいに、コンラートのくちづけを思い出し、身体がひくりと跳ねる。

「いやらしいな。気持ちのいいところを知ってるみたいだ。自分で触るのには慣れてるのか」

　指先で先端をこね回され、先端から溢れた露が広げられる。

　まさか、コンラートのくちづけが原因だとは言えない。それこそ淫らだ。でも、想像してしまった画は消せなかった。欲情と焦りで滾《たぎ》る男の瞳に身体が熱くなる。いっそう股間が張り詰め、保穂は身を揉んだ。

「あっ……はぅ……」

「こんなに汗を滲ませて……。興奮してるのか？　思うより素直なんだな」

　声に落胆の響きを聞き、保穂はびくっと肩を揺らした。いまさら抵抗しようとしたが、腰を掴んだ手に遮られた。

「私も同じだ」

　そう言って寄り添ってきたコンラートの下半身が、尻の間でごりっと動く。ズボンの布地越しにも、その硬さはわかる。

「や……、や、だっ……」

「それは、どういう意味の嫌？　もう出そうなのか？　それとも、私のこれで、ここをこすられることが、怖い？」

「コンラートさん……っ。お願いです。もう、やめてください」

「無理だよ。君はもうこんなにも大きくなっているし、私も同じだ。このチャンスを逃せば、二度と、君は私の腕に戻らないだろう」

「あっ。あっ……ッ！」

「刀のためだと思って受け入れてくれ。暴れなければ、傷つけずに抱ける。保穂……本当だ」

　ズボンを穿いたままぴったりと身を寄せたコンラートの手が、露わになった肘から腕を伝い上がり、袖の中に入る。

「あぁぅ……ぅ」

　指先で思わぬところを弾《はじ》かれた。ふくらみのない胸の端にある突起への刺激が、こんな感覚を生むことを保穂は知らなかった。

　嫌悪のようなドロドロとした感覚が胃の奥で渦を巻く。でも、しこりを揉むようにいじられながら、下半身をしごかれると、我慢はできなかった。

　はぁはぁと息が乱れ、その激しさを自分のものだとは思えないまま極まっていく。絡んだ指に激しくこすられ、保穂は自分の腕に顔を伏せた。

「もう……、もう……」

　人から触られることも初めてだというのに、羞恥《しゅうち》をはるかに超える快感にさらされ、保穂の腹部が波打った。

「んっ、ん……っ」

ひくひくっと腰が揺れ、欲望が流れ出る。

「うっ、うっ……」

喉が引きつり、腕に顔を伏せた保穂はしゃくり上げた。

「や……、いや……」

突き出した臀部《でんぶ》の間に濡れた感触がする。保穂はむずかる子供のように首を振り、許しを乞《こ》うた。でも、コンラートには聞き流される。

保穂の吐き出した体液の滑《ぬめ》りを借りて、コンラートの指があらぬ場所を開く。

「静かに……息を吸って」

「あっ。抜い、てっ……」

ゆっくりと差し込まれた指が、ずずっと内壁をこすり上げて抜ける。そのまま逃げようとした腰がまた摑み戻され、もどかしそうな動きでまた指が奥を探る。

そのたびに、保穂は震えながら身を屈めた。何度もこすられているうちに、じわじわと湧き上がるものがあり、自分が気持ちよくなっているという事実に打ちのめされる。

「保穂だけがいやらしいわけじゃない。こうすれば、男はみんな気持ちがいいんだ。……私の手に精を放ったんだから、もう、恥ずかしがっても仕方がないだろう？　これから、もっと気持ちよくなるのに」

そうなっている保穂を想像しているのだろうコンラートの声に、ねっとりとした欲情を感じ、保穂は大きく息を吸い込んだ。ぞくっと震えが走り、びくびくとうち太ももが揺れる。

「ほら、指が増えた。もう男の指を二本も入れられるほどになってる。保穂は上手だよ。これなら、苦しめずに済みそうだ」

怖がらせて楽しんでいる声に冷たさを感じ、保穂は息を殺した。行為に愛情を求めているつもりはなかったのに、いざ、冷たくされると悲しくなる。

くちびるを重ねてもいないことを思い出し、そんなことにこだわる自分を女のようだと思った。それと同時に、コンラートと女を見たときに感じた絶望感の名前を、保穂はようやく理解した。

コンラートの青い瞳で見つめられるとき、怖いと思うのも同じひとつの感情だ。

保穂は自分の袖を噛み、涙をこらえた。

これが初めての恋だと、気づく。

落ちてみて初めて、少女に対して感じていた心躍るような想いは、恋の入り口でしかなかったのだと保穂は思い知った。

本当の恋はもっとせつなく、もっと激しく、もっと深い淵《ふち》の奥にある。

「あっ……は……ぁ」

指がずりずりと動き、そのたびに粘膜が刺激される。初めに感じていた異物感が薄れ、保穂は深い息を吐き出す。

「そろそろ私の番だ。……保穂」

絡みつくようないやらしさで、語尾が甘くかすれた。

人と交わることが初めての保穂は、冷たい言葉で責めたコンラートが直後に優しくなることにさえ不安を感じる。

怯えを見せたくないのに、心が震えてたまらず、こぶしを握って時間が過ぎ去るのだけを願う。

そして、まだ何も始まっていないことを知るのに、時間はかからなかった。コンラートの切っ先で、ぐいっと肉を押し広げられる。指がねじ込まれたときよりも強い違和感に、保穂は混乱した。

尻を撫でまわす大きな手のひらが肉を摑み揉みしだく。

そのたびに、太い杭《くい》が揺れ、うごめきながら保穂の中をえぐった。

「はっ……ぁ、はっ……」

短い息を繰り返す保穂の腰を撫でたコンラートの息もまた乱れている。苦しさをこらえる互いの呼吸が絡み合い、どちらがより焦がれているのか、保穂にもコンラートにもわからなくなっていく。

「ここまでが、限度だな」

　つぶやいたコンラートの声に悔しげな響きが滲む。そして、保穂は前後に揺すられた。限度だと言ったのに、コンラートの杭は、引いて戻るたびに少しずつ奥へ進んでいく。

　誰にも触られたことのない深みをえぐられ、保穂は苦しさにただ身を任せる。それ以外に、やり過ごす術《すべ》が思いつかず、閉じたまぶたに映るコンラートの面影をできる限り見ないようにした。

　あの瞳を思い出せば、あらぬ声を上げてしまいそうで、いまも苦しくてたまらない。コンラートの名前を呼びたかった。

　それから、聞きたい。好きだから、抱くのかと。

　初心だとからかわれてもよかった。初めての相手がコンラートだと、これから先も自分はずっと覚えているはずだ。たとえ、男が次の国へと旅立ってしまっても、記憶の中に青い空のような、碧の湧水のような、美しい瞳の記憶は残り続ける。

　それなら、嘘でいいから好きだと言って欲しかった。

　いたずらっぽく、やわらかな口調でささやき続けてくれたように。

「あ、あっ……」

「だらしがないな、保穂。もう降参か？　まだだよ。まだ、私は満足していない」

　沈んでしまう腰を抱き起こされ、繋がったまま体勢が変わる。横臥《おうが》から、片足を開かれた。

「やっ……」

大きく足を開かされ、膝を胸へ押し返される。陰部がコンラートの目の前にさらされ、たまらず腕で顔を隠す。

「あぁ、保穂。感じてるんだな」

優しい手つきで陰茎の根元のふくらみを揺すられ、ゆっくりと腰を責められる。

「うっ、ん……」

「また硬くなってるじゃないか。中をこすられて感じているんだろう。案外、いやらしいんだな。初めてだと思ったけど、本当は違ったんじゃないのか」

「ちがっ……、ちがっ、う……っ」

「ん？　なんだって？」

腕を摑まれ、顔を隠していた袖も剝がされる。

「なんだって？　保穂」

そっと頬を撫でる指が涙を拭っているのだと、気づいた瞬間に後ろがきゅっとコンラートを締めた。

「うっ……」

小さく呻いたコンラートが目を伏せる。

やっぱり見てくれないのだと、保穂は落胆した。

「……なのに。コンラッ……なのにっ……」

とぎれとぎれに言いながら腕を顔に寄せると、また引き剝がされる。

好きだと言ったのは、コンラートだ。なのに、どうして、こんなことになっているのか。

刀剣を譲ってもらう代わりに身体を差し出せと言うなら、それだけが理由なら、好きだなんて言わなくてよかったのだ。それなのに、あんなに何度も優しくささやくから……。

「んっ……」

「なんて、顔をするんだろうな。君は……。これでも、我慢してるっていうのに……」

「あっ。はっ……。やっ。激し……、ぃや……ッ」

ぐいぐいっと揺すり上げられ、内壁と杭が激しくこすれ合う。

痛みはもうなかった。違和感だけが増していき、保穂は摑まる場所を探す。

「苦しいのか？　声を出せばいいんだ。あぁ、チビが起きてくるか」

忘れていた現実を鼻先に突きつけられた気がした。なのに、心は萎《な》えるどころか、真逆の反応だ。

「いけないなぁ、保穂。悪い子だ。いまので、どうして大きくなるんだろうか」

コンラートの手が、足の間で反り返る保穂を摑む。

「一緒に行こう。後ろで感じて、私と一緒に……」

「はぅ……ぅ……ん、んっ」

優しさを装った動きが保穂の奥を突く。何度も奥ばかりを刺激され、寝台の上で足が滑る。穿たれながら、しごかれて、もう言葉は出なかった。

ただ喘《あえ》ぎながら、終わりを待つ。それがいつ、どうやってくるのかもわからない。少しでも長くと願う自分の浅ましさに、脳が痺れた。

「保穂。謝らないよ。ずっと、こうしたかった。……私を見てくれ」

コンラートの手のひらで頬を撫でられる。すり寄せそうになるのをこらえて、保穂はまぶたを押し開いた。涙で滲んだ視界に、コンラートがいる。

「君の瞳はまるで黒曜石だ。艶めいて、神秘的で……」

「あっ……ぁ」

ぐいっと押しつけてくる腰が、さっきよりも奥を突き、保穂は身悶《みもだ》えた。こみ上げるものがある。

コンラートに握られた昂ぶりがビクビクと揺れ、先端からとろりと精が溢れた。

「ぅ……んっ」

「保穂」

コンラートの声に呼ばれ、保穂は身を屈めるようにして、その腕を摑んだ。

「あぁっ……だ、め……」

びくびくっと身体が痙攣《けいれん》する。足先がぴんと伸びた。

「君が好きだ」

身体を傾けてきたコンラートの息がくちびるに当たる。

待ち望んだ言葉の後でくちびるが重なった。チュクッと濡れた音をさせて、舌先が吸われる。

「コンラッ……」

シャツを揉みくちゃに摑んだ。コンラートを受け入れるために開いた股関節がじわりと痛む。

「保穂っ……保穂」

抱き寄せられ、何度もくちづけをされた。絶頂を追ったコンラートの腰が震え、熱が保穂の奥に放たれる。

びく、びく、と脈を打つ動きを感じながら、保穂はコンラートを見つめ返した。

コンラートもずっと、自分を見ることのない保穂の視線の先に嫉妬していたのだ。それならば、先に傷ついたのはコンラートだ。

薄れていく意識の中で、保穂はただコンラートのことだけを考えた。

いたずらっぽく光る瞳と、柔らかな笑顔。逞《たくま》しい腕に、欲情をさらした甘い声。金色でさらさらの髪。

そして、目の前は暗転した。

＊＊＊

覆いかぶさるように頭上から覗き込んできた壱太郎は、上下が逆さまだ。騒がしい蝉《せみ》の声に、静かな水音が混じる。草の匂いの中にも水の気配がして、まぶたを開いた保穂は自分が湖畔にいることを思い出した。

壱太郎の背後、ずっと高いところに茂っている緑葉が眩しく、ちらちらと目を刺す日差しに手をかざした。そのついでに、子供の髪を撫でる。

昨日の夜、あんなことがあって、保穂の目が覚めたのは日が高くなってからだ。寝間着で寝台に横たわっていたから、すべては夢かと思えた。でも、身体に残る違和感は現実そのもので、たまらずよろけながら起き上がったが、隣の部屋の長椅子に『獅子吼』はなかった。代わりに、足をぶらぶらさせている壱太郎がいた。

着替えも朝食も、コンラートの手を借りて済ましたと言った。無垢《むく》な子供を前にして思い出すのもはばかられる記憶を無理やりにかき消し、別荘裏の池へ壱太郎を誘ったのはついさっきのことだ。

水面を渡る風が心地よくて、ついつい横になったばかりに意識が飛んでいた。

「寝ていたね」

微笑みかけると、壱太郎がにっこりと笑い返す。心の奥が締めつけられ、保穂は長く尾を引くような息を吐き出して顔を腕で押さえた。

「兄さま。おつらいのですか」

「いや……、うん。少し、……少しだけ」

嘘がつけず、袖の脇から壱太郎を見上げる。

守らねばならない相手をまっすぐに見られない自分を苦々しく思ったが、表情には微塵も出さない。

「花を摘んできます」

壱太郎の明るい声には保穂への気遣いがあり、

「遠くへ行かないように」

声をかけた保穂は、お利口な返事にさえ胸を痛めた。

コンラートに腕を摑まれたときはまだ理性があったのだ。頭の中にはちゃんと、自分を引き換えにしてでも刀剣を得たい打算でそろばんを弾いた。

なのに。いつからなのか。自分の欲望だけにさらされて、本能に逆らえなかった。剝き出しになった肌をさすられて感じた、泣きたいほどの快感を身体の奥が思い出す。

腰を摑む指の力強さに、繰り返された告白の真意を求めたとき、自分の脳裏にどれだけ

『獅子吼』のことがあっただろうか。それを考えると、目眩しかしない。

いつからだろう。いつから、心を許したのか。家族でもない誰かを、心の中に住まわせたのか。

じくじく痛む胸に手のひらを乗せると、腰がずくっと疼き、押し開かれて侵入される苦しさが甦る。

息を飲んだ保穂は飛び起きた。

嫌な予感がして、あたりに目を配る。壱太郎の姿を探した。

鈍い圧迫感が後頭部にのしかかり、胸騒ぎが数秒ごとにひどくなる。

「壱！　壱太郎！」

激しい喪失感が保穂の声を震わせた。

霊感と直結する第六感が、得体の知れない禍々《まがまが》しさを察知している。指の先から怖気立つような感覚に、保穂は両足を踏ん張った。

視界の端に、ゆらゆらと揺れながら流される小舟が映り、

「壱！」

保穂は両手を握りしめて叫んだ。

小舟のへりを掴んだ壱太郎は泣いている。なのに、その声は少しも届かない。

「壱！　座りなさい！　立つな！　壱！　壱太郎！」

泣いているとわかるほどの距離だ。保穂は腹の底から怒鳴った。壱太郎の声が聞こえないことにも気づかなかったし、自分の声が届いているのかどうかを気にする余裕もない。

そのとき、ボートが揺れた。

白いもやが壱太郎の手首に絡みつくのが見える。

「壱！」

自分が泳げないことを忘れてもどかしく駆け出した。池に飛び込もうとした肩を力強い力で引っ張り戻される。

体勢が崩れ、その場に尻もちをつく。その視界の中で、水しぶきが立った。

日差しを受けたしずくは、おどろおどろしい空気の中でもきらきらと輝いて美しい。

目で追う先に水を掻く男の腕が見えた。そして、金色の髪。

壱太郎の溺《おぼ》れた場所にまで辿り着いたコンラートが戻るまでの間、保穂は気が気ではなかった。

重い空気はあたりを包んだままで、寒気を感じている腕には鳥肌が立っている。

「壱太郎！」

壱太郎を抱えたコンラートは器用に泳ぎ、池のふちまで戻ってきた。

「引き上げてくれ。壱だけでいい」

押し上げられた壱太郎を引きずり上げ、着物が濡れるのも構わずにかき抱いた。

下穿きだけになって飛び込んだコンラートは、髪を搔き上げるよりも先に壱太郎を覗き込む。

「壱。よくこらえた。いいぞ」

助けに行き、泣くなと教えたのだろう。言いつけを守った壱太郎が、喉を震わせて泣き出す。その声は、今度こそ保穂の耳に届き、着物をぎゅっと握りしめてくる小さな身体をしっかりと抱き寄せる。

「これだけ泣ければ、大丈夫だ」

髪を搔き上げたコンラートが立ち上がろうとする。その裸の胸を、保穂はとっさに押し留《とど》めた。冷たく濡れた肌を力なく搔くと、その指ごと握りしめられる。

「もう大丈夫だ」

顔を覗き込んだコンラートが、空いている方の手で保穂のこめかみを撫でた。壱太郎を抱いた腕ごと抱き寄せられ、保穂はようやく息を吐き出す。

肩から力が抜けた。

「壱太郎は私が抱こう。服を持ってくれ」

泣き声が落ち着くのを待っていたコンラートが壱太郎を抱いて立ち上がる。保穂は言われた通りに、離れた場所に点々と落ちているコンラートの服を拾った。よほど急いだのだろう。シャツのボタンがちぎれていた。

一度、壱太郎を保穂に戻し、ズボンだけを穿いたコンラートは、また壱太郎を抱きあげる。

「保穂。大丈夫か」

別荘へ戻りながら声をかけられ、保穂は無言でくちびるを引き結ぶ。片手で壱太郎を抱いたコンラートの手がするっと頬を撫でて離れた。

「顔色が悪い」

「いえ、大丈夫です。……ありがとうございました。驚いてしまって」

礼が遅くなったことを詫びると、コンラートは首を左右に振った。

「そんなことはいいんだ。ボートを繋ぐひもが緩んでいたんだろう」

「もっと注意するべきでした」

「子供のやることだ。君のせいばかりじゃない。……それにしたって、あんなに水草が生えていたかな」

首を傾げるコンラートの言葉に、保穂の背筋はぞくっと震えた。

水草ばかりが理由じゃないだろう。

大人が不憫さを覚えるほど、壱太郎は言いつけを守る良い子供だ。一人で小舟に乗るとは思えない。

万が一に、好奇心が勝ったのだとしても、小舟を繋ぐひもが緩んでいたのだとしても、へりに摑まって泣く壱太郎が池に落ちたのは不注意じゃない。

池を取り巻いた重苦しい気配と、それから壱太郎の腕に向かって揺らいだ白いもや。あれも、保穂の見間違いではない。

「壱。お守りは」

「朝は、首に」

コンラートを引き留め、壱太郎の背を撫でた。

答えたのはコンラートだ。

「ない」

壱太郎の首筋を探った保穂はハッと息を呑む。寝るときもはずさない守り袋のひもが、見当たらなかった。

「大丈夫。大丈夫だよ」

またしゃくり上げ始める壱太郎の背中を、保穂は慌てて撫でさすった。

「早く戻って着替えよう。……もしかしたら、船を繫いでいたあたりに」

振り向いた保穂の腕をコンラートが摑んだ。

「後で取りに行かせる。いまは、まず戻ろう」

真剣な目を、保穂もまた真剣に見つめ返した。

先を促されて歩き始めたが、保穂の気持ちは池の方へ向く。お守りのことが気になって仕方なくて、振り返るたびにコンラートに背中を押される。

「信じるよ」

別荘に戻り、保穂たちが使用している部屋に入ったコンラートが壱太郎を床に下ろす。

着替えを寝室に取りに行った保穂は、戻るなり言われて、視線を伏せた。

「説明のつかない現象は、確かにある」

「コンラートさん」

保穂は静かに息を吸い込んだ。視線が釘付《くぎづ》けになる。

ズボンをまくり上げたコンラートの足首には、『水草』の巻きついた痕があった。本来なら、目に見えて残るはずのない痕だ。それはまるで、人の手に強く握られたように指の痕を残していた。


別荘の使用人が池のほとりに落ちていたお守りを拾ってきてくれたのと引き換えるように、コンラートが熱を出した。

息が乱れるほどの高熱だったが、往診した医師は特に目立った症状がないから風邪《かぜ》だろうと診断をつけて帰っていった。

「壱。おまえはもう寝なさい」

コンラートの寝室に置かれた長椅子で、目を真っ赤にした壱太郎はぐらぐらと揺れている。保穂の声を聞き、肩を揺らして背筋を伸ばしたが、目は相変わらず半分閉じていた。

そばへ行き、横たわるのに手を貸して、眠らせる。その首にお守りのひもが見え、保穂は静かに息をついた。

使用人に代わってコンラートの看病を申し出たのは、池での現象にあてられて出た熱だと思ったからだ。そばにいてどうなるということもないが、別室でヤキモキして夜を明かすよりはよかった。

すぐに寝息を立て始めた壱太郎の髪を撫で、コンラートのそばへ戻る。

額に載せた手拭いを取り、水で絞り直した。首筋を拭い、もう一度絞ってから額へ戻す。

「……やす、ほ」

かすれた低い声に呼ばれ、淡いランプの灯《あか》りの中で振り返った。顔を覗き込むと、影が差して、顔は見えにくくなる。離れようとしたが、視線で止められた。

「夢を、見ていた」

「どんな？」

小声で答える。病人に対する優しい問いかけに、コンラートが力なく微笑んだ。

「君の、夢だ」

ふいに声が甘く聞こえ、保穂は視線を伏せた。

二人の間に起こったことを思い出し、うつむく。池でのことがあり、コンラートはすぐにでも刀剣を神社に戻すと約束してくれた。でも、前夜にあったできごとについては、どちらも口にしていない。

壱太郎がそばにいたのも理由のひとつだが、互いがあえて話題を避けたのも事実だ。

「乱暴をして、悪かった」

高熱で潤んだコンラートの目は、それでもなお、男らしさの魅力がある。

「謝るんですか」

何気なく口にした言葉が、想像以上に責めている口調に聞こえ、保穂は眉をひそめた。誤解を呼ぶのにじゅうぶんな顔をしたのだろう。コンラートの顔に影が差して、保穂は戸惑った。

どう言い繕えばいいのか、わからない。

「あのとき、君を逃したら、二度と触《ふ》れられない気がした」

表情が歪《ゆが》んでいるのは、熱のせいじゃないだろう。

コンラートもまた、どう説明するべきかを考えあぐねていた。

「保穂……。壱のことは、よくわからない。それでも、君が重荷を背負っていることはわかる」

「重荷だなんて」

「……『獅子吼』を使って悪霊を退治するのが、君の役目なんだろう」

逃げたくても逃げられない『定め』だ。兄が神職以外の道を考えないように、保穂も兄を助ける道以外を望まないで来た。

それは当然のことだったし、苦しいと思ったこともない。

たとえ、壱太郎が『風ミサキ』に当たらずとも、家族を助けていくことに違いはなかったのだ。それを重荷だと思ったことは一度もない。

「それは大変な仕事だ」

コンラートに見つめられ、無言で返した。

自分の資質に壱太郎の未来がかかっている。そう自覚するのは苦しい。でも、現実から逃げたくはない。

一方で、コンラートに言われて初めて、胸の奥がすっとなだめられる気がした。

「君の髪は、夜空を紡いだ糸のようだ」

甘い声でささやかれ、そっと伸びてくる手に保穂は従った。

頭を近づけると、髪を撫でられる。心地よくて目を閉じた。胸の奥が温かくて、泣きたいような気持ちになってしまう。

「もう私は、君のものだよ。保穂。何もかもを君に捧げよう」

視線が絡み、薄闇の中でコンラートの瞳は濃い色になる。

保穂は顔を背けなかった。昨日の夜、自分がコントラートを求めたことは事実だ。その場限りの欲望なんかじゃなかったと思う。だから、指先をそっと、精悍な頬に添えた。

「朝起きたとき、あれは夢だと思いました」

「その方がよかったか？」

問われて、なんとも答えられない。

「もう二度と、乱暴な真似はしない。次はもっと深く愛し合いたいんだ」

「……二度目があると思うんですか」

「身勝手な私を責めているんだな」

「そうじゃ、ないんです……」

答える頬が熱くなる。ホッとしたのだ。目が覚めて夢だと思った瞬間の何倍も、安心している自分がいる。

「答えは急がないよ。保穂。私は君のそばにいる。それだけを、いまは許していてくれ」

優しい言葉に逃がされて、保穂は小さくうなずいた。

「君が好きだ」

ささやきに引き寄せられる。

「風邪がうつると困るね」

笑ったコンラートはくちびるを重ねず、鼻先だけをこすり合わせた。それがせつなく胸に迫る。

「コンラート、さん」

見つめられると、心の奥底まで見透かされる気がする。

「クーノだ」

「……クーノ」

小声で口にすると、

「風邪なんかじゃない」

ぐいっと抱き寄せられ、保穂はよろけてベッドに両手をつく。

「こんなのは、風邪なんかじゃない、保穂」

熱っぽい息が耳元にかかり、保穂はぶるっと震えた。昨日のことが思い出され、たまらずに目を閉じて顔を背ける。保穂の頬に熱い肌が押し当たった。

「恋がこんなに苦しいなんて知らなかった」

「……熱があるんです」

「君を求めすぎているからだ」

「コンラートさん……あなたは」

「クーノと呼んでくれただろう？」

「おとなしく眠ってください。早く元気になってくれないと、壱がさびしがりますから」

「君は？」

コンラートのくちびるが、ベッドについた保穂の腕を吸い上げた。

「んっ……。コンラ、……クーノ。怒りますよ」

「それは困るな。でも、君の手は冷たくて気持ちがいい」

「手拭いを絞り直します」

離れようとした手を掴まれ、むげに振りほどけず、保穂は眉根を寄せた。しかめっ面にはならなかったからか、コンラートは素直に手を離した。

「保穂。君は人を好きになったことがあるか？」

「ありますよ。それぐらい」

「叶わなかったことは」

「……あります」

手拭いを水に浸す。

「本当に？」

「どういう意味ですか」

水を絞って額に戻すと、コンラートはほっと息をついて目を閉じた。

「君に熱っぽく見られて応えない女なんて信じられないな」

「そんなこと言うのは、あなただけです」

笑いながら、保穂は椅子に腰かけた。二人が黙る。薄暗い寝室には壱太郎の健やかな寝息だけが響いた。

＊＊＊

熱は翌日に下がったが、身体のだるさが取れず、コンラートはもう一日を寝て過ごした。世界を飛び回ってきた身体は頑丈で、病気をすることもまれなら、慣れない土地の水で腹をくだすこともほとんどない。

壱太郎を助けるために飛び込んだ池の水は冷たかったが、あの程度で風邪をひくとも思えなかった。

それじゃあ、原因は……と考えると、コンラートの思考はそこで止まる。

足についた水草の痣はまだ消えなかった。人間の手のようだと瞬間に思ったが、見れば見るほどそれは五本の指だった。

しかも四本は同じ方向へ向き、最後の一本だけが裏側についている。

「おや、壱太郎。兄さまは？」

扉をノックして部屋を覗くと、午睡用の寝台に上って窓の外を見ていた壱太郎が振り向いた。

「おでかけです」

「おでかけ？　どこに」

「おそと。池に行くって」

壱太郎の言葉に驚いたコンラートは、

「いつ？　どれぐらい前に出ていった！」

思わず大きな声を出した。目を丸くした壱太郎はぱくぱくとくちびるだけを動かす。

「驚かせて悪かった。兄さまを探してくる。おまえはここにいなさい」

寝台に近づき、小さな両肩に手を置いた。

壱太郎が溺れた日、保穂はやけに池へ戻りたがった。よほどお守りを探したいのだろうと思ったが、行かせてはいけない気がしてコンラートもしつこく引き留めた。

「一緒に行きます」

長椅子よりも広い寝台をぴょんと下りた壱太郎が離れていく前に、腕を摑んで引き戻す。

保穂が連れていかなかったのだ。それなりの理由があるのだろう。

「兄さまはのりとをあげに行ったのです。だから、お邪魔をしなければだいじょうぶです」

祝詞《のりと》と言われてもコンラートにはなんのことかわからなかった。

「壱。ダメだ。あの池は危ない」

「それなら、くぅのも邪魔になるからダメです」

コンラートの焦りに少しも気づかない壱太郎は頑固な目をしてくちびるを引き結ぶ。

仕方なく、首にお守りがかかっていることを確認してから抱きあげた。

「じゃあ、一緒に行こう。でも、もしものときは、別荘へ走って帰れるな」

顔を覗き込んで確認したが、もしものときがどんなときなのか想像つかないのだろう。

小首を傾げるばかりだ。それでも、もう仕方がない。

少しでも早く池にいる保穂を確認したい気持ちに背中を押されて部屋を出た。

保穂にも言わないでいたが、水草の痕は両足にある。しかも、見せていないもう片方は、
ふくらはぎ全体が赤い痣で覆われていた。まるで無数の手で引っ張られたように、だ。

「のりと、とはなんだ。壱」

別荘の外に出て池に向かいながら聞くと、

「神様に差し上げる、お言葉です」

子供の細い声で、凛と答える。コンラートは、神社で唱えるチャントの一種だと理解した。

「壱がうるさくしたので、池の人が怒ったから……」

「ん？」

しょげた声のまま、壱太郎はここまで、と言った。別荘を取り囲む林の切れ目を行けば、

池はすぐそこだ。コンラートからは水が見える。そして、保穂の背中も見えた。

声は届かなかったが、袴姿で草の上に座っている。スッと伸びた背中は、息を吸うときだけ、わずかに動いた。

「きれいだな」

コンラートは思わずつぶやいた。

座っている保穂の背中だけじゃない。日差しを受けてきらめく水面も、みずみずしい草の色も、蟬の声に重なる葉擦れの音も、すべてが混然と入り混じりながら、静謐な美しさで目の前に広がっている。

保穂の持つ憑き物落としの力に由来しているのだと、コンラートは思った。

「くぅのは、兄さまがお好きですか」

保穂の背中を見てほっとしたのか、しょげていた声に明るさを戻した壱太郎が出し抜けに言った。

「そうだ」

どうしてそう思ったのかは問わなかった。まっすぐな目をした子供にはわかるのだろう。それを当然だとも思う。

それほどコンラートの目は保穂を見ている。そのとき、どんな顔をしているのかまでは想像しなかったが、壱太郎がそうだろうかと怪しむほどには恋に眩《くら》んだ表情をしていたに違いない。

「壱の兄さまに好かれるには、どうしたらいいだろうね」

恥ずかしさに笑ってしまいたくなるのをこらえて、コンラートは至極真面目《まじめ》ぶった顔で問うた。

小さな子供の目がきらっと輝き、コンラートの腕で抱きあげられたまま、えっへんと誇らしげに胸をそらす。

「好きな人は、大切にしなければいけません。意地悪はよくないのです」

「……意地悪」

脳裏に、あの夜のことが甦り、コンラートは痛いところを突かれた気分で表情を歪めた。

「だめですよ？」

「はい、わかりました。大切に、優しくします」

「兄さまも、きっとわかってくださいます」

どこか慰めるように髪を撫でられ、この子はどこまでわかっているのだろうと、コンラートは薄ら寒さを覚えた。と同時に、大人ぶりたいあどけなさを笑う。

「壱は、私が兄さまを好きでもいいのかい。兄さまが私を好きになっても？」

「あい。壱は嬉しいです」

無邪気にうなずく顔は、やっぱり、何もわかっていない。

笑い合っている間に、保穂が動いた。祝詞が終わったのだろう。立ち上がって、柏手《かしわで》を打ち、頭を下げる。

清廉とした仕草で踵を返し、前を向いた視線が二人を見つけた。ふわりと浮かんだ笑顔は、壱太郎だけではなくコンラートにも向けられた。

それは胸の奥を鷲摑《わしづか》みにされるような衝撃で、恋を恋とも思わずに遊んできた男を後悔の淵に落とす。こんなことが自分の人生に起こるなら、もっと真面目に過ごせばよかったと、いまさら取り返しのつかないことを惜しく思う。

「終わりました」

近づいてきた保穂が笑って言った。

「ここには良いものが棲《す》んでいるようですね。壱太郎が近づいて気が乱れたんでしょう。いまは元の状態に戻ってますから、心配ないと思います。……うさんくさいですか？」

ひょいと肩をすくめた保穂は、壱太郎を抱きあげて地面に下ろした。それ以上の甘えを許さず、歩きなさいと一言告げる。

壱太郎は素直にうなずく。

「ここに別荘を建てたあなたは運がいいですね。この池も大事になさってください」

穏やかな表情で言った保穂が、壱太郎の手を引いて歩き出す。

後を追ったコンラートは、自分の足についている痣のことを考えていた。『良いもの』

が、あんなに禍々しい痕を残すだろうか。どう考えても悪霊の仕業だ。

ひとつ間違えれば池の底に引きずり込まれていたのに。

コンラートは人知れず、口にはできない憤りを感じた。

だが、その考えもすぐに畏敬《いけい》へ変わる。

着替えをしながら確認した両足のふくらはぎから、あの痣が、きれいさっぱりなくなっていたのだった。

5

避暑地から戻って三日目。

涼しく爽《さわ》やかな高原の生活を満喫していた保穂と壱太郎の生活にもようやく日常が戻り始めた。というのも、帰ってきて早々に壱太郎が熱を出したからだ。

よほど楽しかったのだろう。子供らしい知恵熱は一日で下がり、いまはもうけろりとして境内を走り回っている。

昼前には清掃奉仕のために半兵衛がやってきて、ひとしきり壱太郎の話を聞き、うんうんとうなずいた。しかし、子供の話すことだ。要領を得ないところは、保穂がいちいち解釈をつける。

「それで、件《くだん》の色男はどうしました」

老人の瞳《ひとみ》がきらりと光り、質問を向けられた保穂は、自分の心に起こった変化を知られまいと一瞬だけ表情を引き締めた。それなのに、

「おや、まぁ」

と吐息をつかれて、慌てて背筋を伸ばす。

「噂《うわさ》をすれば、なんとやら」

本殿の階段に腰かけた半兵衛の視線が保穂をすり抜ける。振り向くと、細長い風呂敷《ふろしき》包みを手にしたコンラートが見えた。石段を上がりきる前に気づいた壱太郎が駆けていく。

保穂は思わず胸を撫《な》で下ろした。危うく、あることないことでっち上げて、いかにも怪しい言い訳を展開してしまうところだった。それは普段の保穂なら絶対にしないことだ。

人生経験を積んだ半兵衛には、真実を皆、看破されてしまうだろう。

「何があったのやら」

階段を下りた半兵衛がひょこひょこと歩き、保穂を覗《のぞ》き込んだ。

すぐに反応できなかった。三日ぶりに見る男の髪が日差しにきらめいて見え、視認できないうちから青緑の瞳を想像してしまったからだ。

「これは、また」

半兵衛が楽しげに肩を揺する。

「な、なんですか？」

「いや、いや。異人の色好みというのも、粋を知っているものですな。『獅子吼《ししぼえ》』は無償で奉納してもらえるのでしょうね」

「それはなんとも。……半兵衛さん？」

「まぁ、人生にはいろいろあるものです。問い詰めるのは後日としましょうかね」

肉が落ちたまぶたの下で、灰色がかった半兵衛の目が油断のならない笑みを浮かべる。

「それにしてもまぁ、お互いに後光でも見えるのでしょうかねぇ」

独り言を言い残し、半兵衛はコンラートへ近づいた。

壱太郎が間を取り持ち、二人は挨拶《あいさつ》を交わす。

「刀剣を奉納される気になられましたかな」

半兵衛は出し抜けに言った。

「えぇ。こちらの宝剣だと聞きましたので」

「ずいぶんと言葉が上手でいらっしゃる。お噂は聞いていますよ。花街《かがい》のあたりで」

言葉は柔らかいが、言い回しにはとげがある。それに気づかないコンラートではない。

「噂はすぐに消えますよ。もう足を向けることもないでしょうから」

ことさら爽やかに返して、ひやひやしながら成り行きを見守る保穂に目配せをした。

「半兵衛さん」

保穂が声をかけると、半兵衛がしかめっ面で振り向く。

嫌味を笑顔でかわされ、面白くないのだ。

「壱太郎を見ていていただけますか。これから兄に刀剣を見せてきます」

笑いながら言うと、無言でこっくりとうなずく。

保穂はコンラートを伴い、二の鳥居のそばにある屋敷へ向かった。

玄関から声をかけると、兄嫁の津也子が出てきた。二人を座敷へ案内すると、兄を呼びに行く。

座敷の向かいにある竹林から抜けてきた風が、そよそよと吹く。竹はただ静かに、まっすぐ伸びている。

「なかなか時間が取れず、事前に知らせることもできなかった。急に来て悪かったね。……君もこの屋敷に住んでいるのか」

上座に置かれた座布団の上であぐらをかいたコンラートが物珍しげに部屋を見渡した。日本家屋なら花街でじっくり見物したはずだと嫌味を言いかけ、向かいに座る保穂は言葉を飲み込んだ。

やきもちに聞こえたら、ばつが悪い。

「離れがあるんです。僕はそこで壱太郎と寝起きしています。あの子は両親と過ごせませんので。接触を嫌がる大人もいますが、半兵衛さんは壱太郎をかわいがってくれていて、助かっています」

「あぁ、さっきの老人のことだな。そうだろうね。話にもよく出てくる。君のこともずいぶんと贔屓《ひいき》にしているようで、妬《や》けたな」

コンラートは気負いなく言った。まっすぐに見つめられ、保穂はどぎまぎと視線を逸《そ》らす。

そこへ友重が入ってきた。津也子が続き、お茶を置いて出ていく。

保穂が二人を引き合わせ、簡単な挨拶を交わす。それからコンラートは風呂敷包みを差し出した。

「世間話よりも、確認がしたいでしょうから」

「ありがとうございます」

友重が両手をついて頭を下げた。保穂が風呂敷包みを受け取り、兄の横へ戻ってから結び目を解いた。

するりと布地が滑り、豪奢《ごうしゃ》な拵《こしら》えが露《あら》わになる。

「これは」

友重の声が詰まる。とっさに保穂を振り返った。

「はい」

と、保穂はうなずいた。

赤い柄巻《つかまき》。七曜紋の蒔絵《まきえ》。

触ることを躊躇《ちゅうちょ》している兄に代わり、保穂は刀剣を摑《つか》んだ。耳鳴りのような音が、りーんと脳裏に響く。

きっと、自分以外には聞こえないのだろうと思いながら、柄を握る。抜こうとしたが、びくともしない。

普通なら刃がないのではと思うところだが、確信を得ている保穂の表情を見た友重はただ静かにうなずいた。

「おまえがそれと思うなら、これは『獅子吼』だ」

抜き方に作法があることはわかっている。いまは手がかりを探して、文献を片っ端から研究しているところだ。

『風ミサキ』を祓《はら》う霊刀の話を書き残している書物も少しは現存しているし、陰陽道や修験道に関する書物の中に似た事例を探すこともできる。友重は、そういったものを見つけ出すことに長《た》けていた。

「では、そちらの刀はお預けします」

コンラートの言葉に、友重が首を振った。

「かなりの高額でお求めになったと聞いています。やはり、骨董《こっとう》商に話を通し、一度、返した上で」

「いや、そうすると、あの店は二度と私に掘り出し物を見せなくなるでしょう。それでは困ります。でも、その刀は、本来あるべき場所へ戻るべきです」

友重の意見を突っぱね、コンラートは一息ついた。表情を和らげ、ちらりと保穂を見る。

「保穂さんとは、良き友人として付き合っていきたいのです。もし、この刀が初めから私の持ち物ならお売りすることになるんでしょうが、元はといえば、私が横からかっさらった品です。どうぞ、このまま奉納させてください」

「いやいや、それよりも。別荘へお招きいただいたお礼もまだでした」

友重の肩から力が抜ける。膝《ひざ》に両手を添え、深々と頭を下げた。

「弟と息子が大変お世話になりました。貴重な経験をさせていただき、息子にとっては特に良い思い出ができたと思います」

「いえ、こちらこそ。良い休暇が過ごせました」

向かい合った二人はそれぞれ頭を下げ合い、保穂も兄に倣う。

それからしばらく、雑談をした。

友重が避暑地について質問を投げ、コンラートが答える。

乗馬でのピクニック。湖での釣り。手作りの小舟を流して小川遊びもした。

概要ぐらいは保穂も報告していたが、もっと詳しく知りたかったのだろう。弟や息子の様子を聞く友重は、ニコニコと楽しげに笑った。

「本当にありがとうございます。後で、妻にも話をしますよ。この後はお仕事ですか？」

「いえ、特に用事があるというわけでは」

「それならば、弟と一緒に骨董屋までいかがですか」

先にコンラートを誘っておいて、

「探していた文献を見つけたと連絡があったんだ。取りに行ってくれ。コンラートさんに、葛《くず》きりでもごちそうして」

と保穂に言う。

「葛きり、ですか」

「裏の甘味処だ」

そう言いながら、友重は獅子吼を風呂敷で包み直す。

「お戻りになるまでの間に、『獅子吼』を迎える用意をしておきます。奉納していただくにあたっては、ご祭神へのご報告をしなければなりませんので」

コンラートに向かって言った後、保穂へと刀剣を押し出した。

「祝詞《のりと》を差し上げた後で蔵へ入れよう。それまでは、おまえが持っていなさい」

「わかりました」

それ相応の準備や段取りのあることは理解している。保穂はうなずいて刀剣を引き寄せた。

「それじゃあ、コンラートさん、行きましょうか。葛きりは、食べられますか？」

「好きだよ」

さらりと返ってきた言葉に、ぎょっとしてしまったのは失敗だった。真っ赤になった保穂は、慌てて顔を伏せる。

友重に見られないように立ち上がり、コンラートの背中を押すようにして廊下へ出た。

「保穂」

「何も言わないでください。何も」

うつむいたまま、先を急がせる。

「そういうわけにはいかないよ。そんなかわいい顔をして」

ひょいと身体《からだ》の向きを変え、保穂の腕を摑まえる。

日の当たらない板張りの廊下は、ひんやりと涼しい。

「クーノ」

避暑地から戻って三日。この日をずっと待っていた。

すべては避暑地だけの嘘事《うそごと》だったのかもしれないとも思い、心細いような、その方が自分にとっては都合がいいような、揺れ動く気持ちの中で、やっぱりコンラートのことだけを考え続けていたのだ。

だから、指の関節で頰《ほお》を撫でられ、吐息がほどけた。

「あら、保穂さん。こちらにいらしたのね」

くちびるが触れ合う前に、廊下の向こうから女の声がして、保穂は驚いた。

「あ、ありがとうございます。じゃ、じゃあ、持っていてください」

風呂敷包みを押しつけながら、保穂はコンラートの向こう側を覗いた。義姉《あね》の津也子が穏やかな笑顔で近づいてくる。

背の高いコンラートに隠れて、二人がしようとしていたことは見られていなかったのだろう。

「骨董屋へのお使いを頼まれたでしょう？　表に俥《くるま》を呼んでありますから」

「ありがとうございます」

頭を下げた保穂に微笑《ほほえ》み、津也子はコンラートに向き直った。

「壱太郎の母です。遅くなりましたが、このたびは旅行にお連れいただいて、ありがとうございました。逞《たく》しくなって帰ってきたようで、お礼の申し上げようもありません」

帯のあたりで細い指を重ね合わせ、深々と頭を下げる。

「小さい子を遠くまで連れていかれて、心配だったでしょう」

「いえ、そんな……」

うつむいた津也子の肩は華奢《きゃしゃ》だ。壱太郎が『風ミサキ』に当たったのは自分のせいだと、心の底では自分を責めている。

死んでもいいから壱太郎を抱きしめてやりたいと、友重に対して懇願する姿を見たことも一度や二度じゃない。保穂は見て見ぬふりをしたが、止められるたびに津也子が痩《や》せていくような気がした。

子供と引き離された母親の気持ちはいかほどだろう。

必ず救うと言う友重を信じていても、微塵《みじん》も疑わないとは言えないはずだ。

細い首筋の白さから目を逸らした保穂は、屋敷の外に出てから肩の力を抜く。勇気づけてやりたいと思うのに、いつも言葉が見つからない。

「きれいな人だ」

コンラートのつぶやきに、

「もっときれいだったんです。あんなに痩せてしまって」

と返す。

出会ったときの津也子は、ふくよかな頰に明るさが満ちているような女性だった。生まれたばかりの壱太郎をあやす姿に母親を重ね見たが、『風ミサキ』のせいで子供と引き離されるところまで重ね合わせることになるとは思いもしなかった。

真ん中の兄弟が『風ミサキ』に当たったとき、友重と保穂は半兵衛の家族と一緒に神社を離れ、隣町で暮らしていたのだ。家に戻ったときにはもう、三人の葬儀は済まされていたと聞く。

それから兄が成人するまでは、遠縁の夫婦が屋敷で一緒に暮らし、神事も執り行ってくれていた。

「保穂。心配しなくていい」

コンラートの腕が肩に回り、吐息が髪にかかった。

「壱は必ず、君が助ける」

不思議にちぐはぐな日本語だ。

「そうですね。……僕が」

口にすると、じわりとした気概が満ちる。他の誰《だれ》でもなく、自分自身を信じるしかないのだ。長く失われていた『獅子吼』が見つかったのだから、責務を全うできる日も近い。

夏の日差しが降り注ぐ中へ出て、保穂はくちびるを引き結んだ。


前後に連なって走っていた人力車が骨董屋の前で止まると、前の一台から素早く降りたコンラートは俥夫《しゃふ》が手を出すよりも早く保穂に腕を伸ばした。

一人で降りられると断ったが、強引に腕を摑まれて仕方なく介助を受ける。好奇心を隠さない俥夫たちを前に、あれこれとやりとりを繰り返す方が気恥ずかしかったのだ。

「仕事はよかったんですか」

改めて尋ねると、ジャケットの裾《すそ》を引っ張り直したコンラートは爽やかに髪を掻《か》き上げた。

「別荘から戻って、この二日間は大変だったよ。しばらく家を空けていたら、兄がへそを曲げて……。誰の代わりにパーティーへ行ったと思っているのか。兄弟は厄介だ。君のお兄さんは穏やかそうだったけど」

「えぇ、芯《しん》は強いんですが、気遣いの優しい人です。クーノの兄上もそんな髪の色なんですか？　瞳は？」

「兄はヘイゼルの髪に、緑の瞳だ。……会わせたくはない」

ぴしゃりと言われ、保穂は驚いた。

「どうしてですか」

家族に紹介したくないと言われ、気持ちを伝えあっただけの関係だからかと焦る。そもそも、普通の男女関係とは違う二人だ。男色の関係を伏せたいのかもしれないと思い、自分だって兄に好いた相手だとは言っていないと思う。

まさか、それで気分を害しているのではと、顔を見上げた。身長差があるせいで、しかとは表情がわからない。

「……兄が君を好きになると困る」

しかめっ面が応《こた》え、保穂はきょとんとした表情で、コンラートを見つめ返す。

「……そんな」

うつむいた自分の頬が熱くて、赤くなっているのだとわかった。誤解を恥じた以上に、独占欲を露わにするコンラートの気持ちが嬉《うれ》しい。

「まだ、気持ちが通じたばかりで、お互いのこともよく知らないだろう。保穂を信じてはいるが、横槍《よこやり》を入れられたくない」

「本当に、言葉がお上手ですね」

横槍なんて、意味がわかって使っているのだろうか。

「保穂には話していなかったが、先祖に日本人がいるんだよ。母の母……祖母が、そうだったらしい。だからとは言わないが、自分の国にいても落ち着かなくてね。居場所は別のところにあると思っていたんだ」

「だから、いろんな国を回ってきたんですか」

「そういうことだな」

会話をするたびに、お互いのことを知っていくのは、甘い喜びだった。恋多きコンラートには経験があるだろうが、保穂にとっては初めてのことだ。

未熟さに恥じ入る気持ちはない。それよりももっと、二人の話をしていたいと思う。

だが、それは用事を済ませてからの話だった。

開きっぱなしの戸口から入り、あがりかまちの手前で声をかけると、しばらくして骨董屋が姿を見せる。

しかし、風呂敷包みを持ったコンラートを見るなり、慌てふためいて取り乱した。刀剣を返品に来たのだと思ったのか。怒って追い返すようなことこそしなかったが、保穂に泣きついたり、自分の正当性をくどくど説明し始めたりと、まるで理性のないありさまだ。

唖然《あぜん》としながらも、二人がかりでよくよく落ち着かせ、返品はしないから金を返さなくてもいいと説明した。同じやりとりを何度も繰り返した後で、ようやく話が通じる。

保穂とコンラートは座布団を勧められ、あがりかまちに腰かけた。

「そちらの刀、やはりお探しのものでしたか」

友重が頼んでいた文献を持ってきた骨董屋は、晴れがましい表情で言った。

「えぇ、間違いなく」

うなずきながら、保穂は文献を確認した。それから風呂敷で包んだ。

「鞘《さや》からは抜けませんでしたでしょう。実は、こちらもいろいろと試してみたんですよ」

「知っていることがあれば、この際、すべて話してくれないか」

コンラートが促す。

「それがやっぱり、びくともしないんですよ。それにねぇ、いじくると刀が嫌がって……。夢枕《ゆめまくら》に立つんですよ。刀がじゃないですよ。死んだ父親や母親が出てきて、そんなことをしたら、同じことを自分たちもされて嫌だから、やめてくれって。初めは気のせいだと忘れていたんですが、他に頼んでも同じことを言って刀が戻されるんで、まぁ、いよいよ怖くなりましてね」

「それで、さっさと売ったんだな」

コンラートが冗談混じりに骨董屋を睨《にら》みつけた。

「へぇ、まぁ……申し訳ありません。でも、拵えが命だと思って、分解はしませんでした」

悪夢にうなされたのも原因のひとつだが、価値の低下を懸念したのも本当だろう。

「これがここへ来るまでの遍歴は？」

保穂が聞くと、骨董屋はうなずいた。

「へぇ。それが知り合いの骨董屋の間を転々としてきたようで、その途中でついてきた噂があるんですが……。まぁ、本当か嘘かはわからないんですよ。子宝に恵まれない武家を廻《まわ》ってきたとかで、『金精《きんせい》さん』が憑《つ》いてるって話でして」

「きんせいさん、とは？」

コンラートに問われ、保穂は答えを骨董屋に譲る。

「子宝や安産の神ですよ。男のあれの形をご神体とすることがほとんどなんですが、鞘を女に、刀を男に見立てたんでしょう。寝所に飾って子作りをするとご利益があるとか……」

「そんな話は聞いたことありません」

コンラートから向けられる視線を避け、保穂は早口に言った。

でも、噂の成り立ちは想像できる。子供の命を守るために使われる霊刀の噂が、盗まれた挙句に変化していったのだ。

「こんなことを言うのはなんですがね……。確かにご利益はあるんですよ」

声をひそめた骨董屋は、女性に対して猥談《わいだん》を慎むような目をちらりと保穂へ向け、小声でコンラートに言った。

「もう何十年もなかった、嫁との……」

＊＊＊

「どうでもいい話じゃないですか」

骨董屋の話を蒸し返したコンラートに対し、保穂が眉《まゆ》をひそめて言う。

二人が入った甘味処は、土間がひんやりと心地よく、頼んだ葛きりもよく冷えている。

「お金を返したくなかったのは、生まれてくる子供のためなんでしょうね」

黒蜜《くろみつ》を口に含み、保穂がふっと遠い目をした。

骨董屋の話では、刀剣を片付け忘れたまま寝所へ入ったところ、忘れていた感覚が甦《よみがえ》り、勢いに任せて励んだ結果、子供が出来たのだと言う。

「奥さんとは歳《とし》が離れているんだろうな」

「気になるのは、そこですか」

「そうだろう？　お産は大変なことだ」

「無事に生まれて欲しいとは思いますが……」

「この刀に意思があると思うか？」

コンラートの問いに、保穂の視線が風呂敷包みへ向く。答えが戻る前に、再び口を開いた。

「私はあると思う。自分の意思で渡り歩いて、やっと君を見つけたんだ。もしかしたら、君と私を引き合わせてくれたのかもしれない」

コンラートはそっと手を伸ばし、保穂の手の甲を掻いた。そのまま手を離すと、戸惑う表情にかすかな笑みが混じる。

「……おとぎ話みたいなことを……」

「急に現実的だな」

「クーノこそ。『風ミサキ』に対しては、現実的だったのに」

「君とのことには、運命を求めたいんだ。特別であれば、嬉しいに決まっている」

君は違うのか、と問うと、初心な保穂はうつむく。

「もう、出ましょうか。兄の準備も済んでいるでしょうし、今日中に奉納を済ませて……」

立ち上がって出ていこうとする手をとっさに摑んだのは、未熟なのを言い訳にして、保穂が逃げようとしているように思えたからだ。

「保穂。今日はくちづけもしていない」

見上げると、灯《あか》りのない店先でも、白い肌に朱が差したとわかった。嫌がっているのではないらしい。それならと、手を解放して、ジャケットを抱えたコンラートも立ち上がった。

店を出て、俥を呼ぼうとする保穂を引き留めて、散歩に誘う。青空の端に重い雲が出始めていて、夏の日差しが隠れてはいるが湿気は強い。

「こうもジメジメしていると、歩くのも疲れますよ」

「体力がないんだな」

「私は平気です。心配しているんです」

「それはありがとう」

歩きながら何気なく見下ろすと、保穂の視線が慌てて逃げる。もっと見つめてくれと言えば、真っ赤になって嫌がるのだろう。言葉を飲み込んで、コンラートは風呂敷包みを摑み直した。

保穂には二人を引き合わせてくれたのかもしれないと言ったが、本当のところは、刀剣の存在に欲情を促されているのではないかと考えている。初めて触れたときも、身体を繫《つな》いだときも、二人のそばには『獅子吼』があった。

街はずれまで歩き、川を渡ってから、コンラートはふいに保穂の腕を摑んだ。

「疲れただろう」

「え？」

「少し、休もうか」

腕をぐいぐい引っ張って路地に入ると、土地勘のある保穂にもようやく理解できたのだろう。川沿いに建つ小さな宿の前で動きを止めた。

「な、何を考えているんですか」

「ここがどういう宿か、知っているんだな」

意外だとは口にせず見つめると、保穂の目が激しく泳いだ。

「ここの女将《おかみ》とは仲がいい。少し休ませくれと願い出るだけだ」

嘘も方便だ。どうせ、そうなるし、そうするつもりで誘っている。

「誰かと来たことがあるんですね」

連れ込み宿だから、一人ということはまずない。

きりっと睨んでくる瞳は、ぞくっとするほど冷たく冴《さ》え、コンラートはわざと意地悪く笑い返した。

「野暮なことを聞くんだな。金輪際、君以外とは入らない。約束するからついておいで」

それでも動こうとしない保穂の腕をするりと離す。

「嫌なら無理強いはしない。だけど、今日、君を見たときからずっと抱きしめたくて、たまらないんだ」

「もう、他の人とは……」

口こそ開いたが、保穂の声は喉《のど》で詰まり、かすれて聞こえにくかった。それでもうなずいて返す。

「君だけだ。好きなんだよ」

いつもの言葉を口にすると、保穂の瞳に感情が戻る。柔らかな光が灯《とも》り、コンラートの胸の奥がせつなく震えた。いまここで抱きしめたいのをこらえ、そっと手を差し出した。

返されるのは待ちきれず、自分から取りに行く。

「裏から入ろう。君の恥になるようなことにはしない」

「でも……」

言いかけて、保穂は口をつぐんだ。そのまま何も言わずについてくる。

次に口を開いたのは、川が見渡せる部屋に案内されてからだった。部屋の中央に敷かれた布団を見ながらうなだれ、

「見れば、わかってしまいます」

力なく言った。

「いいじゃないか。畳の上じゃ君が痛いし、乗ってくれるなら嬉しいけど。無理はしなくてもいい」

「クーノ。僕は」

「帰るのか」

部屋の奥へ行き、窓辺へ腰かける。びくりと揺れた保穂から目を逸らした。帰したくはない。

けれど、まだ覚悟ができないと言うなら、待つしかないだろう。一度目が乱暴すぎたのだ。今度は保穂に決定権がある。

「来てごらん、保穂。川がきれいだ」

声をかけると、保穂は素直に近づいてきた。離れて身を屈《かが》めようとするから、腕を引っ張って引き寄せる。

「誰も見ていない。壱もここにはいない。宿の人間はみんな、見て見ぬふりをしてくれる。大人だからな」

「……クーノ」

何気なく視線を戻すと、保穂の目は潤んでいた。

理性が逆撫でされ、本能の疼《うず》きがコンラートを揺さぶる。襲いかからなかったのは、男の本能よりもなお、保穂への気持ちが勝ったからだ。

激しく脈打つ心臓を苦しく思いながら、コンラートは手を伸ばした。優しくしようと思うほどに感情が滾《たぎ》り、震えてしまう。

保穂へと触れる前に、手を摑まれた。両手で握られる。

「心臓が、壊れそうなんです……」

うつむいた保穂の袴《はかま》に、はらはらと雫《しずく》が落ちて、丸い染みが滲《にじ》んだ。

「保穂。君の初恋は、壱の母親だろう」

どうして、いま、そんなことを聞いてしまうのか。

自分のうかつさを憎んでも、一度声になってしまった言葉は消せない。

「すまない。確かめたかったんだ。それだけだ。……あの人を見た、君の目が」

「違います」

声はかすれていたが、口調はしっかりとしていた。顔を上げた保穂は、濡《ぬ》れた瞳を拭《ぬぐ》おうともせず、コンラートをまっすぐに見つめてくる。

「あなたには誤解されたくない。確かに、慕っていたし、それが恋だと言われれば、そうかもしれないとも思います。でも、あの人は、壱太郎の母親であり、僕にとっても母のような人なんです」

両親のいない保穂にとっては、兄夫婦こそが両親であり、壱太郎は弟だ。だからこそ、保穂は刀剣を探し求めたのだろう。

家族を守る。ただ、それだけのためにだ。

保穂の真摯《しんし》な気持ちが、コンラートの胸に忍び入る。

誤解されたくないと言った意味も、『獅子吼』を探し求めていた意味も、すべてが腑《ふ》に落ちた。保穂の手を握りしめ、引き寄せて肩を抱く。

「君が好きだよ、保穂」

目を見つめると、他に言葉はなかった。いつも、そうだ。保穂の前では、自国の言葉さえ忘れてしまう。

「僕も、あなたが好きです。だから、誤解しないでください」

「わかった。そうする。保穂。君の目を見れば、何が本当かはわかる。でも、私は君を傷つけた」

避暑地で行われた夜のパーティーのことだ。

コンラートと一緒にいた女との仲を誤解した保穂は、嫉妬《しっと》したことにも深く傷ついたのだろう。だから、同じことをコンラートに経験させまいとしている。

そんな保穂のまっすぐな気遣いは、コンラートの胸を満たした。求める相手から慕われる喜びがせつなく募る。

覗き込むように顔を近づけ、くちびるをそっと合わせた。

「ん……」

コンラートの腕の中でかすかに震えた保穂は、それでも逃げようとしなかった。稚拙《ちせつ》な仕草でコンラートの頬を撫で、自分からくちびるを開く。

「本当は、期待していたんだな？」

瞳を見ると、

「あなたは、意地が悪い」

責めるようにつぶやく。目元がかすかに歪《ゆが》んだ表情は、遠くなり始めていたあの夜の記憶を呼び戻す。

確かに身体を繋いだのだ。声をこらえた保穂は、喘《あえ》ぎながらコンラートを受け入れた。その瞬間、何を感じていたのか。それを聞きたくてたまらなくなる。

「率直なだけだ。異人だからな」

「こんなに言葉が上手いのに」

薄い胸を上下させている保穂の息遣いに、コンラートは目眩《めまい》を覚えた。身体が熱を持ってたまらず、袴のひもを引く。乱暴にほどくと、保穂の手にぎゅっと強く握られた。

「嫌なのか？」

「……期待、しなかったわけじゃないんです」

コンラートの足の間から後ずさり、保穂は自分で袴のひもをほどいた。

「こんなところに来るつもりはなかったけど……」

そう言ってうつむき、ふっと笑いをこぼした。

「……どこでこうなるつもりだったのか」

保穂は独り言をつぶやいて立ち上がり、

「脱ぎます」

部屋の隅にある衣紋掛けまで行って、黙々と袴を脱いだ。風呂にでも入るような、性的な雰囲気の一切ない手つきで帯を解き、着物を左右に開く。それを肩からずらさずに、合わせ直し、コンラートを肩越しに振り向いた。

「……見ていないで」

脱げと目配せされる。

「いや……。そうして立っている君がきれいだから」

思ったままを口にして、窓の桟にもたれかかった。

ここが連れ込み宿だということを忘れそうなほど、保穂は清廉潔白だ。すっと伸びた背筋から腰、足先までの立ち姿はいつまでも眺めていたいほど絵になる。

いままでも、恋をした相手のことはいとおしく見つめてきた。でも、保穂はその誰とも違っているのだ。

「そんな冗談ばっかり。やめてください」

「脱がないのか」

「……」

着物の襟を摑んだまま、保穂が背を向ける。

川風の入る障子を閉め、コンラートも立ち上がった。太陽光が遮断されると、部屋の中は薄暗くなる。

　立ち尽くす保穂の背に回り、着物の上から肩を撫で下ろした。肘《ひじ》を軽く摑んでから、左手に指を重ね、右手を薄い夏着物の内側へ這《は》わせる。

「……っ」

　平たい胸を手のひらで撫でると、保穂の肩は大きく息を吸い込む。耳元にささやいた。

「期待には応えるよ。保穂も、応えてくれるだろう」

「あなたを、満足させるのは……無理です」

「いいんだ。受け入れてくれるだけで。それ以上は、求めない」

「……クーノ」

　肌を撫でる指先が、胸にある小さな突起を見つけた。指の腹で押し込み、ぷくりと膨れたのを摘《つ》まむと、保穂の息がしどけなく尾を引く。

「気持ちいい？」

「わ、からな……い……」

　あぁ、と小さく声を洩《も》らし、保穂が身を屈めようとする。

「そこ……いや……」

　乳首をしつこくこね回しているコンラートから逃れようとしたが、いっそう抱き寄せて離さない。保穂の反応は素直で、そして過敏だ。

「気持ちいいんだ。こんなに、なってるだろう？」

着物を剝《は》ぎながら、片手を腰の前へと回す。越中の布越しに摑むと、それはもう、はっきりとした屹立《きつりつ》へ変貌《へんぼう》していた。

保穂を興奮させている事実にコンラートの胸も疼き、着物を乱れ箱へ落として保穂の顔を振り向かせた。くちびるを強く吸いあげ、舌を少し乱暴に差し込む。

「んっ……ん……」

できる限り優しくしようと思っても、それは単なる希望に過ぎない。焦りに似た切迫感に苛《さいな》まれ、コンラートは眉をひそめる。

甘くさえ感じる唾液《だえき》を啜《すす》りあげると、熱を帯びた保穂の手は、自分を揉《も》みしだくコンラートの指を引き剝がそうと動いた。

まだ触っていたいコンラートは何度も保穂へ挑み、攻防戦の中で越中のひもをほどいてしまう。

「あっ……。ひどい……」

薄い布が足元へ落ち、保穂が声を詰まらせた。

「僕だけなんて」

コンラートはまだ服を着ている。それが不平等だと言いたのだ。

「それどころじゃない」

「どうして。そんなの」

文句をつけてくる声にさえ甘えている響きを感じるコンラートは、保穂の身体を抱き寄せて布団へ移動した。足で掛け布団をめくり、ゆっくりと倒れ込む。

腕を押さえながらのしかかり、くちびるを貪《むさぼ》った。唾液がこぼれ落ちるほど、口の中を舌で掻き回す。

「んぅ……んっ、ん……」

逃げ惑う舌を追い、背けようとする顔を摑む。

「おち、ついて……。落ち着いて、クーノ」

懇願するような保穂の息は乱れ、それだけに男を煽《あお》った。声は届いても、身体が言うことを聞かない。

濃厚なくちづけをかわし、コンラートは手を伸ばした。

張り詰めたそれを根元から撫であげただけで、保穂の身体は小さく跳ねる。握ってしごくと、表情が苦しげに歪んだ。

「……やめっ……」

「どうして。こんなに熱くなってるのに」

「……うっ……んん……」

手の動きに合わせたように、保穂が腰を揺する。

「あぁっ……。クーノ。……だ、め……」

くちびるを震わせた保穂の目が潤み、動きを止めようとする手が伸びる。

「出していい」

「見ない、で……」

コンラートの袖を引き、保穂はしゃくり上げるように息をした。胸が激しく上下して、息が短くなる。

「顔ならいいのか？」

胸に顔を寄せ、薄闇《うすやみ》にまぎれてしまいそうな蕾《つぼみ》を探し出す。舌で転がすと、保穂は小さく悲鳴を上げた。

コンラートの手の中で、昂《たか》ぶりが跳ね、保穂の身体が緊張する。そのまま、手の動きを速めると、

「あぁっ。出る……。出るっ……」

快楽にどっぷりと浸《つ》かった声で熱を解放した。

「うっ、うぅっ……」

両手で包んだコンラートの肌に、温かい体液の感覚が広がる。

「いっぱい出たな」

手を離すと、しごききれなかった蜜がとろりと保穂の下腹部に垂れ、薄い体毛と相まっ

て独特の淫猥《いんわい》さになる。清廉とした美貌《びぼう》も、なめらかな肌をした細い身体も手に入れようとしている幸福に、コンラートは目を伏せながら枕元の濡れた手拭いを引き寄せ、手を拭った。

それから、同じく枕元にある盆から丁子油の容器を手にする。

落ち着かなければと思いながら、逸《はや》る気持ちを抑えて振り向くと、そこに全裸の保穂が起き上がっていた。

視線が合うよりも早く、シャツの胸元を掴まれる。

引き寄せられ、くちびるがぶつかった。乱暴で稚拙なくちづけは、保穂なりの感情表現だ。つたないからこそ、コンラートを興奮させる。

「脱いで」

そう言ってボタンに手を伸ばしてくるが、大胆な行動を取っている割に、指は何度も滑った。

「クーノ」

困ったような目で見られ、額にくちびるを押し上げながらシャツを脱いだ。それから、ズボンを下穿《したば》きごと足から抜く。

「触って」

保穂の手を掴み、男同士の気楽さで下半身に誘った。

「期待してるんだ」

耳にささやくと、保穂は視線を逸らした。でも、指先はおずおずと動き、コンラートがいましがたまで保穂にしていたように、先端を包んだ。ゆっくりと根元まで握り下ろされ、コンラートはけだるい息を吐いた。

そのあご先にも、ぎこちないくちづけが当たる。

されるがままになるのではなく、少しでも協力しようとしている保穂の気持ちが嬉しかった。だからこそ、少し冷たい指先の理由もわかってしまう。

油を手に取って馴染《なじ》ませ、膝立ちにさせた保穂の臀部《でんぶ》へ手を回す。

「……あっ」

谷間に塗り込みながら、奥へと指を忍ばせた。

「クーノ……っ」

「苦しい?」

肩にくちびるを押し当てて聞くと、保穂は左右に首を振った。

「苦しそうなのは、そっちだ」

何が言いたいのか、コンラートが一番よくわかっている。

保穂に握られた腰は、期待しすぎてもう限界まで来ていた。

「こんなことが嬉しいなんて」

「保穂……」

思わず恨みがましい声が出た。初心《うぶ》だからこそ、保穂は恐ろしい。男が悶《もだ》え苦しむ一言を、なんの気負いもなく口にしてしまう。

こらえた瞬間に、指がぐっと柔ひだの奥へ入り込み、二人は揃《そろ》って息を詰めた。どちらからともなくくちびるが重なり、コンラートは指の数を増やす。

「あっ……はぁ……っ、クーノ」

かすかに腰をくねらせた保穂の肌が熱を帯び、繋がることへの緊張で冷たくなっていた指も、いまはしっとりと汗ばんでいた。

その声を合図に、コンラートは指を引き抜き、横たわる保穂の足を左右に開く。身を進め、自身にもたっぷりと油を馴染ませた。

「足を、抱えて」

ほぐしたといっても、行為に慣れていないそこはまだ硬い。開いた膝の裏に手を回している保穂の引き締まった尻《しり》をそっと持ち上げるようにして、膝を胸に近づけさせる。

保穂はもう恥ずかしいと言わなかった。

引き結んだくちびるに覚悟が見え、コンラートはただぼんやりと、保穂の中に日本男児の矜持《きょうじ》を感じ取る。一度決めたら後には引かず、絶対の覚悟と決意を持って、事を成し遂げようと突き進む。それがこんなときにさえ発揮されるのだから、保穂は根が生真面目《きまじめ》なのだ。

だから、幼い壱太郎や兄夫婦を救おうと必死になる。

焦りに傷つき、失敗を恐れる本心を胸に隠し、ただひたすらに現実を越えていこうともがいているのだ。

「保穂」

支えることなんてできないとコンラートは思った。保穂は自分の力で困難に打ち勝っていくだろう。でも、そのそばにいて、成功を誰よりも喜ぶ自分でありたい。

油に濡れた切っ先が滑らないように茎を摑み、ゆっくりと押し入る。何度か出し入れをして、大きさを覚えさせると、保穂の声が上擦った。

「あっ……あぁっ」

絡みついてくる肉ひだを割って、深々と差し入れると、コンラートの熱がぎゅっと締めつけられた。

「はぁっ……ぁ。クーノ。……熱、いっ……」

保穂の身体は火照《ほて》っている。でも、コンラートを受け入れた内側の方が、もっと熱かった。

「溶けそうだ。……保穂」

膝を抱えている手をはずさせて、両手を繋ぐ。コンラートが腰を揺すると、保穂が身をくねらせた。一瞬、我に返ったが、目を閉じ、くちびるを閉ざすと、恥ずかしさをやり過ごしてしまう。

「気持ちいいんだろう」

コンラートの問いにも、こくりとうなずく。

「身体の芯が、熱くて……。声が」

「聞かせくれ。きっと、いやらしくて、たまらなく興奮するから」

「……クーノ」

責めるような目で睨んできた保穂の手にくちづけ、今度はぐるりと腰を回し、それから前後に振った。

「あ、あっ……！」

保穂が感じると、内壁が複雑に揺らぎ、コンラートの息も普通ではいられなかった。ヌメヌメと触れ合いながら、絡みつかれて、腰の動きも大胆になっていく。

「あっ……あぅ……ん、んっ……」

濡れたような保穂の声をさらに乱したくて、コンラートは手綱のように握った保穂の手を引いた。逃げるのを許さず、さらに奥へと切っ先の膨らみを押しつける。

「い、やっ……。あっ、はぁ……あ、あんっ、んっ」

そのうちに止まらなくなり、保穂の腰を両手で摑んで引き寄せた。

「あぁっ！　クーノっ、……はげ、しっ……！」

「たまらないんだ。保穂。君がいやらしくて」

「そんなことっ……いわな、い……んっ、んっ」

腰を行ったり来たりさせ、ずくずくと保穂を苛んだ。ときには汗ばんだ肌を寄せ合い、くちびるを重ねて唾液を絡ませる。

「保穂。こんなに足を開いて、根元まで私を飲み込んで。こんなこと、出会ったときに、想像したか？」

「あっ、いやっ……」

「私はしたかもしれない。君を組み伏して、こんなふうに淫《みだ》らに感じさせて……。だけど、想像以上だ。こんなに、気持ちがいいなんて」

「うっ……はぁっ、ぁ……はっ」

「君が好きだ」

その一言に、保穂の腰が跳ねた。

「あぁっ……」

びくびくっと内壁が揺れ、直後にぎゅうっとすぼまる。

「クーノ、クーノ……っ」

両手を差し伸ばされ、頬をすり寄せながら身体を近づけた。腰をさらに動かし、保穂を追い詰める。

同時にコンラートも追い込まれた。

背中に回った手にしっかりと抱かれ、保穂のくちびるを舐《な》めるようにする。

「好き……。クーノ、あなたが……好き、だ」

震える声が繰り返すたび、腰が柔らかくコンラートを締めつける。振り払うように腰を引き、ぐいと奥を貫いた。

身を屈めた保穂の肩を押し開き、今度は早い動きで穿《うが》つ。

息が乱れたのは二人とも同じだった。汗が混じり合い、頭の中は真っ白になっていった。


汗だくになった身体を濡れ手拭いで拭いながら、コンラートは窓辺へ寄った。

障子を開けると、爽やかな川風が部屋の中へ吹き込んだ。抱き合っているときには気づきもしなかった蝉《せみ》の声が聞こえ、淫らな行為の現場だった部屋に明るさが戻ってきた。

眩《まぶ》しい日差しを受けてキラキラ輝く川面《かわも》を、コンラートは真新しい気分で眺める。一息ついて振り向くと、手早く身体を拭《ふ》いた保穂は、もう越中をつけていた。

布団のそばで、神妙な顔つきをして水を飲んでいる。その姿を眺めながら、コンラートも下穿きを身に着けた。

「飲む？」

視線に気づいた保穂が振り返る。一瞬、苦々しい表情をしたのは、身体を重ねた後で、その前よりも砕けてしまう自分を恥じるからだろう。

そういうところも、保穂は生真面目で、眩しいほどの魅力に溢《あふ》れている。

「もらうよ」

答えると、別の湯呑《ゆのみ》に注いで持ってきた。

「川がきれいだ」

「あぁ、本当ですね」

そう言いながら窓の外を覗く保穂は、どこかぎこちなく笑う。

腕をそっと引くと、無理に笑おうとしてから表情を消した。

「後悔しているのか」

「……いえ」

コンラートの目をじっと見つめ返し、保穂は硬い表情で答える。

「気持ちに嘘はありません。ただ……骨董屋の話を思い出して」

「いまさら？」

絹糸のように柔らかな黒髪を、耳へとかけながら微笑みかけた。

「わかっていたんですか」

「利用したとでも？」

「いえ。そうじゃなくて」

「利用したよ。この刀をそばに置けば、今日も必ず応えてくれると信じていた。想像以上だったな。時間さえあれば、もっと抱き合っていたい」

「そんなこと」

うつむいた保穂は首を左右に振り、

「だらしのないことは、だめです」

くちびるを引き結んで顔を上げる。

「じゃあ、いま、くちづけるのもだめなのか？」

「え？　それは……」

口ごもる先から保穂の身体が傾く。コンラートが抱き寄せなくてもくちびるは重なった。

「言い訳を与えてくれたんでしょう」

「私は、そんな優しい男じゃない。君が乱れてよがる姿を望んだだけだ」

「それなら、僕も見た」

保穂の瞳に情欲が差し込み、ぞくっとするほど妖艶《ようえん》な雰囲気にコンラートは慄《おのの》いた。手近に置かれた『獅子吼』を引き寄せ、風呂敷包みをほどく。

豪奢な拵えの刀剣が露わになると、蟬の声が遠のく気がした。

雲が流れ、日が隠れる。薄暗い部屋がいっそう暗くなったが、蒔絵を施した鞘はまるで光を放つように明るかった。

「間違いないだろう。保穂。君が絡みついてきて、気がおかしくなりそうだった」

『獅子吼』を手に取って、保穂へ差し出す。

なぜ、いま。とは思わなかった。保穂も問うてはこない。

両手で受け取り、赤い柄巻の上から柄を握る。

見守る二人の目の前で、動くはずのない柄が保穂の引く方へと動いた。錆《さび》のきしみもなければ、途中で引っかかることもない。

「あぁ……」

太刀を引き抜いた保穂が、穏やかな感嘆の声を上げる。それほど、その刀身は美しかった。

「抜けたな」

鞘に流し込まれていたのだろう油が、波打つ地鉄《じがね》に絡んでつやつやと光る。

「知っていたんですか」

「まさか。偶然だ」

保穂を引き寄せ、いま手渡したのもそうだ。

「『獅子吼』があなたと巡り合わせてくれたのなら、僕は平坂の二番目の男児だったことに感謝します」

「保穂……」

額を押さえ、コンラートは窓の外を仰ぎ見た。

近づけば近づくほど、保穂は凛《りん》として美しい。だが、たわいもなく口にする言葉はやはり男心をくすぐりすぎる。

また目覚めそうな股間《こかん》をさりげなく隠し、コンラートは年上の余裕を見せて微笑んだ。

「もう、元へ戻した方がいい。このままではおさまらなくなりそうだ」

「そうですね。抜き身で帰るわけにはいきませんから」

「いや、そっちじゃなくて……。まぁ、いいよ」

苦笑いを浮かべ、コンラートは軽く咳払《せきばら》いをした。

6

　風が吹くごとに夏が遠ざかり、山から降りてくる秋気で、街の空気も爽やかに澄み渡る。十日前から横浜へ出かけたコンラートはいまだ不在で、彼なしの生活はひどく味気なかった。それは壱太郎も同じだ。

　コンラートに出会うまでは、友達といえば半兵衛と保穂で、しかも行動範囲はごくごく限られていた。それが、近頃では頻繁にコンラートの屋敷へ遊びに出かけている。

　行動範囲が増え、少し逞しくなったように見えるのは、保穂の贔屓目だ。もしくは引け目とも言う。

　コンラートの屋敷へ行くときはいつも、壱太郎の他に半兵衛も一緒だった。みんなでお茶を飲み、異国の菓子を食べた後、しばらく遊んでから壱太郎と半兵衛は先に帰る。

　外国語を習うという名目で残るからには、嘘をついている引け目がある。だからといって壱太郎相手に本当のことは言えず、二人きりになりたい気持ちもまた捨てきれなかった。

　その分、コンラートと会わない日は、壱太郎のことだけを考えている。つもりだったが、結局は、二人して夏の思い出を語り合い、最後にはコンラートの話で落ち着くのだ。

「この文献にあった話が、『風ミサキ』の祓い方を示しているのではないかと思って、しばらく読み解いていたのだが」

縁側に並んで腰かけている友重が、手にした和綴《わと》じ本をぱらぱらとめくった。

「蔵から見つけていた古い日記。あれが暗号仕立てではないかという話はしただろう。それが解けた」

「解けたんですか」

驚いた保穂は、目を丸くする。友重は静かにうなずいた。

「『獅子吼』は完全な『陽の気』を持つ霊刀だが、同時に妖刀でもあるらしい。骨董屋から聞いてきた話があっただろう。金精の話だ。あれもあながち冗談ではなく、うちから貸し出した記録も見つかった」

「じゃあ、子授けのご利益があるということですか」

「まぁ、そうだな。というよりむしろ、男の機能を強化する。要するに性欲が増すという話だよ」

「そう、なんですか」

答える保穂は真顔になった。その真意を知らない兄は、初心な弟が恥ずかしがったのだと思い、保穂の肩をぽんぽんっと叩《たた》いてくる。

「刀を抜く方法についてもわかりましたか。儀式の内容は」

「儀式については明らかになった」

友重が言うには、境内の奥、本殿の脇《わき》から逸れた場所に建っている小屋を『祓い堂』と呼び、風ミサキに当たった子供と、『身固め』と呼ばれる、魂を引き留めるために抱きしめておく役目の大人が一人、そして『獅子吼』を扱う平坂の者が中へ入る。

そして、本殿でも一晩を通じて祝詞を上げ続けておく。祓い堂には『風ミサキ』が吹きつけ、さまざまな人に成りすまして声をかけてくるが、決して扉を開いてはならず、明け方、子供の身体から抜け出し、扉を開けようとする魔物を『獅子吼』で断つ。

「失敗すれば、身固めをする大人は気が狂って死ぬようだ」

友重が言った。

「『獅子吼』を持つ平坂の者は守られるのだろう」

「そうですか」

いつかは自分が行うのだと思いながら息をつくと、友重から顔を覗き込まれた。

「おや、保穂。僕はどうなっても、という顔ではないね」

「それはそうです。僕が引き換えになれば、壱太郎の心に傷を残します」

「以前は、そうだとしてもという悲痛さがあったが……。コンラートさんの鷹揚《おうよう》としたところに影響されたか。いいことだ」

何も知らない友重に微笑まれ、保穂は冷や汗をかく。

コンラートを良い友人だと思ってくれているのはいいが、真実を隠したままではいられないだろう。

半兵衛にはとっくにばれていて、そうだと認めるまでしつこく追い回された。認めてからは協力的になり、コンラートの屋敷から遅れて戻っても、からかわれることさえない。

家族ではない他人を大切に思えるようになったのは、成長した証《あかし》だと言われて感じた、くすぐったいような嬉しさがまた甦る。

友重が同じように思ってくれればいいが、相手が女性じゃないだけに言い出しづらい。女性であれば結婚を前提にして付き合うことになるが、男同士だとそうはならないからだ。

男色と説明するのか、衆道と説明するのか。どちらの方がより心証をよくできるか。それを考えていると、夜も眠れなくなりそうだった。

このまま騙《だま》し続けることができればいいが、黙っている期間が長くなればなるほど、知られたときは大事になってしまいそうな気がして恐ろしい。

「刀の抜き方については、確かでないから、また後日にしよう。それはそうと、保穂」

どこか硬く聞こえる声で、友重が言った。

「はい」

「惚《ほ》れた相手はいるのか」

「え？」

心を見透かされたかと思い、保穂は小さく飛び上がった。

「な、なんですか。藪《やぶ》から棒に。……い、いると思いますか。僕に」

「正直、おまえは少し変わった」

兄の一言に、保穂の心臓がひっくり返りそうになる。

「どこがと言うわけではないが、コンラートさんに女の手ほどきを受けたかと」

「それは……」

女ではなく、男です。と、言えるはずもない。

「まぁ、それはいいんだが。惚れた相手がいるのなら、『獅子吼』を使うのは酷な話になる」

「どういうことです」

保穂の問いに、友重の視線が逃げた。言いにくいことがあるのだろう。それが『獅子吼』を抜くための秘密なら、保穂には想像がつく。

あの日、連れ込み宿で抜くことができた『獅子吼』は、奉納の儀式が終わった後はまた、貝の口のようにぴったりと閉じていたのだ。

「もし、決まった相手がいるのなら、教えてくれ。それでは」

友重が立ち上がり、保穂はその場に残された。

兄は『獅子吼』の抜き方を知っている。知っていて口にしなかったのは、使う人間が男と交わらなければならないからだ。

人と人とを陰陽に分けたとき、女を陰、男を陽とすることは知られている。それを、受ける側、入れる側としたとき、前者は『陰』だ。だから本来『陽』である男も、男を受け入れることで『陰』に転じ、身の内に『陰陽』両方の気を保つと解釈するのだろう。

そして、相手は刀剣が選ぶ。霊刀であり、妖刀である一振りは口こそ利かないが意思がある。

刀身を初めて見たとき、保穂にはそれがわかった。憑き物落としの作法についても垣間《かいま》見《み》えた気がしたぐらいだ。もしかすると、口伝とは前任者から後任者へのものではなく、『獅子吼』が選んだ適任者へ、刀の波長を通じて伝えているものなのかもしれない。

一人残された縁側から下り、神社の境内へ向かう。

『風ミサキ』で亡くなった兄のことを想い、心を病んでしまった両親のことを思い出す。そのとき、『獅子吼』は必死で帰ろうとしていたかもしれない。

人々の寝所を巡りながら、元あった場所で生きる人々を救いたいと切望したのだ。

石段を上がると、顔を両手で覆ってしゃがんでいるコンラートが見えた。壱太郎とかくれんぼうの真っ最中らしく、立ち上がると、わざとらしくあたりを探して回る。

今日が帰ってくる日だと保穂も知っていたが、すぐに訪ねてくれるとは思わなかった。

胸の奥に、甘くて淡い光が灯り、保穂はコンラートを見つめて、目を細めた。

壱太郎が探し当てられ、木陰から飛び出てくる。そのままの勢いで保穂を見つけ、満面の笑みで駆けてきた。小さな身体を抱き止め、悠然と歩いてくる相手に微笑みかける。

「おかえりなさい」

「ただいま戻りました」

見つめ合うと、会えなかった日々の想いが交錯した。保穂の心は思いもかけずに乱れ、自分が壱太郎を抱いているように、コンラートの胸に飛び込みたいと思う。

それができないもどかしさに歯噛《はが》みしていると、

「兄さまも、かくれんぼしましょう！　今度は壱が鬼です。隠れてください」

握った手を振り回したかと思うと、その場にしゃがみ込む。答える暇さえなく、保穂は慌てて低木が繁るあたりに隠れた。身を屈めて、ほっと胸を撫で下ろす。さわさわと葉の揺れる音がして目を向けると、大きな身体を屈めたコンラートが近づいてくるところだった。

「壱はえらい」

そう言って笑いながら保穂の腕を掴むと、あっという間にくちびるを奪ってしまう。思わず目を閉じた保穂は、拒む理由も見つけられないまま、相手の瞳を見つめた。

言いたいことは山ほどあるのに、そのどれもがくだらないことに思え、喘ぐようにしてようやく、

「ご無事でなによりです」

と告げる。

「無事なもんか。どれほど、君を連れてくるべきだったと悔やんだか」

コンラートのくちびるが首筋をなぞり、着物の襟を指で引き下げる。

「んっ……」

鎖骨を吸われ、保穂はしゃがんでいられずに膝をついた。

「今夜、壱太郎を連れて遊びにおいで。うっかり遅くなったら泊まっていけばいい」

「クーノ。あなたって人は」

「嫌か？ 嫌じゃないだろう？」

笑いながらまたくちづけをされ、保穂の身体はうっとりととろけてしまう。

「そうすれば、君を朝まで抱いていられる。起き抜けの身体にいたずらがしたいな」

「怒りますよ」

「怒りながら許してくれるときが、好きなんだ」

「僕は嫌です」

「じゃあ、怒るのはよしてくれ」

コンラートの指がくちびるを何度もなぞり、瞳はじっくりと保穂の内側を覗き込む。保穂もまた、碧《あお》い瞳を見上げていた。身体の中で炎が爆《は》ぜて、コンラートのうなじに手を伸ばした。抱き寄せ、抱きしめられ、ねっとりと舌を絡める。

「んっ……ん」

「壱は探しに来ない」

「え？」

「兄さまが来たら、しばらくはこうしてくれるように頼んだ」

「クーノッ！　子供を相手に！」

「しっ……。静かに。その代わり、外国から運ばれてきた、からくりのおもちゃを買ってきたんだ。すごいぞ」

コンラートの方がよっぽど子供のようだ。壱太郎にかこつけて、自分が触ってみたかったのだろう。

「僕も、さびしかった。……遊ばず、帰ってきたんですか」

「当たり前だろう。君みたいにきれいな恋人を残してきているのに、どうして他に情を与えられるんだ。私のすべては君のものだよ。いますぐ、確かめてもらいたいぐらいだ」

「恥ずかしげもなく……」

「保穂は私のものじゃなくなったのかい？」

「まさか。……意地悪ですね」

軽く睨みつけ、保穂はコンラートの髪をいたずらに引っ張った。

「身体が火照ってどうしようもなかっただろう？　一人で治める方法も覚えないとな。じっくり教えてあげよう」

「そんなこと言って、舐め回すように見る気だ」

「当たり前だよ。それが恋人の特権ってものなんだから」

ふざけながら、コンラートが髪にくちびるを寄せてくる。手が袖口から中へ入り、腕をさすりながら背中に伸びた。

「あ……やめっ」

「そんなにせつない声を出したら、壱が心配するだろう。保穂」

身体をずらしたコンラートが、今度は袴の脇に手を入れ直す。それはさすがに止めるしかない。

涼やかな虫の音が響き、こっそりと寄り添う背徳に保穂は息を乱した。

コンラートを睨むと、手はさらに奥を探ってくる。着物が乱され、太ももをじかに触れた。振り払うほど嫌がれず、コンラートのシャツにしがみつく。こんなところでと思いながら、身体は快感を期待している。

「クーノ……」

甘い声がかすれ、保穂は眉をひそめた。

そのときだ。一際大きな風が吹き、鎮守の森全体がざわめいた。まるで台風のような強い風に、どちらからともなく壱太郎を案じて立ち上がる。

「あにさまぁ……ッ」

壱太郎の泣き声が聞こえ、二人は木の陰から飛び出た。小さな身体は、狛犬《こまいぬ》の脇にうずくまっていた。

「壱太郎！」

駆け寄ったが、両手で顔を押さえ、保穂の方を向こうともしない。

「兄さまぁ……目が見えません。目が見えません。兄さま！　くぅの！」

保穂は、とっさに小さな身体を抱きしめた。

「何か、目に入ったのか？」

コンラートが壱太郎の頭を押さえたが、子供は怯《おび》えきって、嫌だと首を振る。

「開かないの、開けたら痛いの！　いや、いや……っ」

「見るだけだから。見るだけだよ」

保穂は必死になって声をかけた。

コンラートがまぶたを開いてやろうと指をあてがったが、

「待って！」

保穂はその手を振り払った。コンラートが息を呑《の》む。

「こわい、こわい。兄さま、こわい」

泣き叫ぶ壱太郎のまぶたから目の周り、そして頬に向かって痣《あざ》が浮き出してくる。それは、『風ミサキ』による腕の痣とまったく同じ形状だった。

「あっ！」

叫んだ保穂は壱太郎を抱きあげた。

「クーノ！　先に行って、兄を呼んできてください」

「だめだ。一緒に行こう」

保穂の肩を抱き、コンラートは二人を促した。その後ろから、追ってくるような風が吹き抜ける。

コンラートが風除《かぜよ》けになるように、保穂の背中をかばって歩く。だから、保穂はまだ冷静でいられた。石段を踏み外すことなく、足をもつれさせることもなく、壱太郎をしっかりと抱いて屋敷に戻る。

澄んでいた秋空は重く淀《よど》み、分厚い雨雲が垂れ下っていた。


いつ雨が降り出してもおかしくないほどの雨雲に覆われた空は、日が落ちたかのように暗くなり、強風がひっきりなしに雨戸を揺らす。

泣き疲れた壱太郎は座敷で眠っていた。そばに寄れない津也子に呼ばれた半兵衛は、草履を懐に突っ込んで駆けつけ、それからずっとそばを離れない。

「来るときが来たんだな」

襖《ふすま》を閉じた続きの間で、いつも穏やかな友重がくちびるを引き結んだ。保穂とコンラートも黙り込み、行燈《あんどん》の灯りはそれぞれの顔に浮かぶ緊張を影絵のように見せる。

「間に合わなかった」

ぼそりと言って、友重が立ち上がる。風が吹きつける縁側へ、足を向けた。閉ざした障子のその向こうで、唸《うな》るような風の音は絶え間ない。

「『獅子吼』が使えないのでは、どうすることも……」

重苦しい空気が座敷全体を包み込む。その暗さの中に何かが潜んでいるようで、保穂は背を震わせた。

儀式の内容は摑んだ。でも、肝心の『獅子吼』が抜けないと、友重は思っているのだ。

「兄さん」

コンラートの視線に促され、保穂は声を出した。

「おそらく、抜けます」

背筋を伸ばし、両手を膝に置く。

「そんな気休めはやめないか……。あれは」

笑いながら振り向いた友重の眉根が曇った。不思議そうに小首を傾《かし》げ、何かを考える素振りの後で息を呑んだ。

「抜いたのか」

　唖然と問われ、保穂は床の間に目を向けた。

「……抜きました」

『獅子吼』を抜くための作法は、兄も知るところだろう。だから、好きな相手はいるかと問い、いまはすべてを明らかにせず、別の道を探そうとしたのだ。

「保穂。あれは、相手が……」

　言いかけて、友重が黙った。視線がゆっくりと揺らいだ。

「兄さん」

　呼びかけた瞬間、友重が動いた。いつもの温和な様子が掻き消え、夜叉《やしゃ》のような表情でコンラートの胸倉に摑みかかる。

「あんたなのか！　あんたが保穂を」

「兄さん！　やめてください！　違います。僕が……っ。僕から望んだんです！」

「おまえはそんな子じゃない……っ。この毛唐が！」

「兄さんっ！」

　コンラートを殴ろうと振りかざした腕に飛びつく。

　完全に取り乱した友重は荒い息を繰り返す。ついさっきは、コンラートにいい影響を受けたと言ってくれた。そういうことが積もっていって、いつか打ち明けられたらと考えていた。その浅はかさを保穂は悔しく思う。

「私だよ」

保穂の肩を押しやり、コンラートが低い声で言った。

「私が誘ったんだ。保穂じゃない」

「どっちでも一緒じゃないか！」

保穂は叫んだ。

「好きだと言われて、好きになったんだ！」

兄を突き飛ばすようにして、コンラートを背に守る。

「クーノはそこにいて！」

前へ出ようとする身体を振り払い、兄に向かって敢然と立ち向かう。ここで怯《ひる》めば、すべてがうやむやになる。

たとえ『獅子吼』が選んだ相手なのだとしても、保穂が好きになったのは事実だ。コンラートに見つめられ、コンラートを見つめ、胸の奥は確かに震え、そしてたまらないほど濡れた。

抱きしめられたとき、自分の人生が、自分だけのためにあると思ったほどだ。誰かを助けるためじゃなく、家に伝わる仕事のためじゃなく、自分の人生を、自分だけのものだと

感じた。

　だからいっそう壱太郎を失いたくないと、兄たちを泣かせたくないと思った。

　自分を犠牲にすることで得るものが真実じゃないことも、もう知っている。

『獅子吼』を抜いて初めて知ったことだ。

　自分も含めて、すべてを生きて帰す気概がなければ、人ならざるものと対峙《たいじ》することはできない。

「兄さんの望まない相手だったなら、それは残念なことです！　でも、『獅子吼』が選んだ男だ。そうでしょう。あれが選ぶ。……僕が先か、あれが先か。それを問題にしてください！」

「保穂」

　畳に後ろ手をついた友重が、落胆とも憔悴《しょうすい》とも取れる長い息を吐いた。

「初めて、私に声を荒らげたな。……それが、こんな」

　身体を起こして、がっくりとうなだれ、

「『風ミサキ』を恨むよ。おまえを大学にもやれず、私たちに気遣いばかりさせて、その上……、私は兄として」

「これが、平坂の家に生まれた宿命です」

　保穂は身を乗り出した。

「なんとしても、やり遂げます」

「保穂。本当に、その男が好きなのか」

友重に見据えられ、保穂は言葉を探した。何を言えば、兄が納得するのか、その一言を探しあぐねて口ごもる。

そのとき、部屋を隔てる襖がスーッと開いた。

「それは、仕方のないことですよ」

続きの間で聞いていたのだろう半兵衛が、襖を開けたまま、こちら側に座った。

「人を好きになる気持ちに嘘も本当もありはしません。昨日の好きが今日の嫌いになることも、ままあることです。およしなさいよ、友重さん。そんな野暮な問いかけは」

痩せ細った老人は、しわがれた声で笑う。

「友重さん。刀が抜けたと聞いて、これで息子が助かると思ったあなたの気持ちも、決して人から責められるものではない。下の弟が亡くなったとき、ご両親が亡くなったとき、あなたがどれほど苦しんだか。誰が知らなくても、私は知っていますよ。だからこそ、ご両親はあんたらを遠ざけた。子孫が同じ苦悩をしないように、二人に希望を繋いだんです。壱太郎は平坂家の大事な跡取り息子だ。だが、保穂の次を継ぐ子も作らねばならない。がんばりなさい、友重さん。この家の主《あるじ》は、あなただ」

片手で顔を覆った友重が肩を揺らす。

いつも穏やかで、いつも気丈な兄だった。だから、その肩にのしかかっていた重責を、保穂は見逃していたのだ。見逃しているべきだと、思ってきた。

「保穂さん。わかっているでしょうが、あなたがそちらの人と添えるのは、平坂の家を守る兄さんのおかげですよ。よくよく心得て、あなたも平坂の者としてお励みなさい」

半兵衛の言葉に、保穂は居住まいを正す。

「はい。半兵衛さん。よく心得ます。ありがとうございます」

両手を揃えて畳につく。友重も同じように頭を下げていた。

そして、コンラートもだ。

「それで、憑き物落としの手順はどうなりますかな?」

半兵衛が話を戻す。背筋を伸ばした友重が、いつもの穏やかな口調で答えた。

「境内の奥にある小屋を『祓い堂』として使います。壱太郎と保穂と、それから、壱太郎の身固めをするものとして介添えを一人」

「ならば、それは、私、ということでしょうな」

半兵衛が言う。友重がうなずいた。

「はい、お願いできればと」

「その役目、私に譲ってもらえないか」

ふいにコンラートが口を開き、残りの三人が視線を向ける。

「『獅子吼』が保穂の相手に選ぶぐらいだ。だめということはないだろう」

「それは、まぁ、道理ですがねぇ」

　と半兵衛は言葉を濁し、友重が後に続く。

「儀式の最中は何が起こるかわからないんですよ。扉を開けさせようと、さまざまな姿や声を真似《まね》るんです。しかも灯りもない小屋に一晩中入っていることになる」

「いままで、いろんな国へ行ってきた。まじないや悪いものを追い払う儀式も目にしたし、話も聞いた。あいつらは必ず、人の心の弱みにつけ込む」

　青緑の美しい瞳が、保穂を見た。まっすぐ、心の淵《ふち》を覗き込むような視線で見つめ、

「そうだとしたら、一緒に入った方がいい。……開けるだろう、保穂。私が開けてくれと懇願したら」

「……そう、ですね」

　兄の前でも物怖《ものお》じしないコンラートの性格は、外国人ということだけで説明がつくのだろうか。

　身の置き場がないような恥ずかしさを感じながら、保穂はうつむく。

「でも、万が一のことがあれば、どうなりますか。あなたの兄上は……」

　県令の相談役だ。現実的な心配をする半兵衛の言葉に、コンラートはさらりと答える。

「一筆書きましょう。まぁ、そんなことはないと思いますよ。保穂なら、万が一にも失敗

はない」

「それは……」

半兵衛と友重の視線が同時に向けられ、保穂はますます小さくなりながら、

「もちろんです」

と、恋人の期待に小声で答えた。

7

風が吹き狂う音を聞きながら、コンラートに代わり風呂場へ入った。釜《かま》に溜められた水を浴び、精進潔斎の代わりにする。

『獅子吼』を抜くための行為さえ儀式の一環として扱われているのは、友重と半兵衛からのささやかな気遣いだ。気恥ずかしさに対する配慮はありがたかったが、コンラートと保穂の仲はすでに友情以上のものだ。

義務的に行う性交だと仮定してみても、幾度となく身体を重ね、愛情の極まりは知っている。いまさらコンラートとの行為を義務的になんて扱えない。

白い浴衣《ゆかた》に帯を締め、静かに息を吐いた。

「保穂さん、いらっしゃる？」

津也子の声がして、保穂は少し待ってくれるように頼んだ。身づくろいを終え、扉を開けると、細くやつれた津也子が頭を下げていた。

「よろしくお願いします」

「義姉《ねえ》さん。やめてください」

肩を摑もうとして、保穂は手を引いた。

「ごめんなさい。潔斎を済ませた後なのに」

「大丈夫ですよ」

「どうしても、一言、声をかけておきたくて」

そう言うなり、顔を袖で覆い隠す。細い肩が揺れ、泣いているのがわかった。

「ごめんなさい。ごめんなさいね」

「……義姉さんも辛《つら》かったですね。これまで、ずいぶんと我慢をなさって。壱太郎の目の痣は、『風ミサキ』を祓えば必ず元に戻ります。心配しないでください」

風が、板戸を鳴らす。それが、このか細い女性にはどんなふうに聞こえるのだろうかと保穂は、心の内を案じた。

おまえの子供を寄越せ、おまえの子供を連れていってやる。

そんな脅しをかけられているような心地かもしれない。

「義姉さん」

保穂は優しく声をかけた。

温かな手をした人を、ひそかに恋い慕った頃が、遠い昔のように思えた。壱太郎を守ってきたのも、この人を泣かせたくないがためだったかもしれない。

恋を恋と知らず、兄の愛した人だから、無条件に安心していたのだ。そんな自分が、いまとなっては、せつないほどに懐かしい。

「笑ってくださいね」

保穂の言葉に、津也子が顔を上げた。涙がほろほろと白い肌を伝い落ちていく。

「朝が来たら、壱太郎はあなたの腕の中に戻ります。だから、そのときは、笑ってくださいね。……もうしばらくだけの辛抱ですよ」

そう言って、保穂はその場を辞した。

部屋へ向かう、一足ごとに決意が生まれる。

ときおり、屋根を吹き飛ばしそうな轟音《ごうおん》を響かせる風のことも、こわいとは思わなかった。

板の間をひたひたと歩き、用意された部屋に辿《たど》り着く。屋敷の奥の、小さな一間だ。床の間があり、二方向には襖がはまっている。障子がひとりでに開き、コンラートがひょっこりと顔を見せた。

いつ来るかと待っていたのだろう。手招きされて速度を上げると、自分でも気づかないまま、小走りになった。腕を摑まれ、部屋に飛び込む。

そのまま、強く抱きしめられた。それから、首筋を両手に摑まれ、顔を上げさせられる。

コンラートの着物の襟を摑み、保穂は爪先《つまさき》立った。

「んっ……ん」

くちびるを吸い上げられ、自分からも吸いついた。焦《じ》れた舌が互いの肌を舐め、濡れた先端が触れ合って心が震える。

「クーノ……っ」

一対の寝具と、枕元には『獅子吼』。

「……興奮するだろう。『獅子吼』がそばにあるのは久しぶりだ」

「あっ……ん。でも、だめ。きつくは、しないで」

「君はいつもそれだな。いつになれば存分に抱かせてくれるんだ」

帯がほどかれ、着物が剝がれる。肩を吸われ、くちびるが鎖骨を辿る。

「じゅうぶん、きついんです。……わかってる、くせに」

腰骨を摑まれ、保穂は身を反らした。露わになった胸に近づくコンラートの頭を両手で抱き寄せ、敏感に募っていく甘だるさに震えた。

「保穂の狭さは知ってる。でも、受け入れるたびに、慣れてるじゃないか」

「……今日は、久しぶりなんです。それに、今夜は一晩中、起きているんですから」

「わかってるよ、わかってる」

保穂を抱き寄せたコンラートは、くちづけをしながら着物を脱いだ。逞しい身体が、行燈の灯りに浮かぶ。

時間をかけるわけにいかないのは、二人ともが承知している。それでもコンラートは明るくしようと努め、その優しさに、保穂の緊張は和らぐ。

「クーノ。……準備はしました」

「ん？」

保穂を寝具へ横たえたコンラートはすぐにその意味を理解した。

「どうやって？」

好色な笑みを端整な顔立ちに浮かべ、

「今度、しているところ見せてもらおうか」

「ばか……」

保穂はふいっと顔を背けた。コンラートはなおも笑いながら保穂の利き手を摑んだ。

「だって、セクシーだろう。竹刀《しない》を振るためにあるような君の指だ。どんなふうに挿《い》れて、どんなふうにした？　自分の指でも感じたのか？」

そっと爪《つめ》の先を吸われ、保穂は過敏すぎるほどに肩を揺らす。コンラートの肩を叩き、押しのけようとして奥歯を嚙む。

わかっていて、言っているのだ。

今夜は絶対に逃げられない。だから、言葉で責めてくる。

「少しだけ……思い出した。あなたの、指を……」

だから、と言って、首に手を回す。

「もう、触れてください」

「いいのか」

目を細めたコンラートが越中のひもをほどく。布地をするりと剝ぎ取られ、まだ柔らかい中心を握られる。手はそのまま下へとずれ、

「保穂。そっちの足を立てて、もう少し開いて」

覆いかぶさっているコンラートのささやきに従い、保穂は膝を立てた。

「んっ……」

すぐには奥へ行かず、大きな手のひらは太ももの内側を撫で、膝を摑んだ。ぐいっと開かれ、保穂は顔を隠す。

コンラートからは咎《とが》められず、震える肌を撫で下ろされた後で唾液で濡らし直した指があてがわれた。先端がつぷりと穴を開く。

「あっ……」

「自分でしても、そんな声が出たのか」

「ちがっ……」

慌てて、息を吸い込む。呼吸が乱れ、久しぶりの行為に恥ずかしさが募った。

そして何よりも、自分の指の感覚とまったく違っている。

「あっ、は……ぁっ」

丁子油を塗り込んだ場所は、コンラートの指をやすやすと受け入れる。

「確かに柔らかい。これなら、すぐにでも」

「それはっ……」

思わずコンラートの肩を摑んだ。すがりつくように見上げ、

「壊れます……っ」

「君は……罪作りだな……」

苦しげに眉根を寄せたコンラートからくちづけを求められ、保穂は肘で身体を支えた。

舌を絡め合いながらゆっくりと指を抜き差しされ、腰の奥がジンジンと痺《しび》れる。

さっきよりも圧迫感が増し、本数が増えたのだとわかった。

「頃合いが来たら教えてくれ。今夜は君に従うよ」

荒い息をつくコンラートは保穂の肌にくちびるを押し当て、いたるところを甘く吸いあげる。そのたびに保穂は身をよじり、指の節を噛み、コンラートの肌に爪を立てた。

互いの肌がこすれるたびに、吐息が洩れる。甘い快感がじわじわと滲み出して、保穂は足の先で寝具を蹴《け》った。

「クーノ」

名前を呼んだが、意地の悪い恋人は優しいくちづけで応えるだけだ。

「あっ……ん。も、ぅ……」

身体の中心も熱を持ち、さっきから痛いほどに張り詰めている。それはコンラートも同じで、先端が弾むたびに保穂の肌にこすれ、透明な液をこすりつけていた。

「中に……来て……」

いままで一度も言ったことのない言葉に、保穂の身体がぐんっと熱を帯びた。

「いやらしいな。こんなになって、まだ恥ずかしいのか。保穂」

コンラートが身体の位置を変える。後ろを探られて立ち上がったものに指を絡められ、腰がびくりと揺れた。

「あっ……ふっ」

「一緒に行こう。君を先にいかせる余裕がない」

片膝の裏を持ち上げられ、先端があてがわれる。コンラートの視線がそこに注がれているのがわかり、保穂は身をよじった。

逃げたいのか、すり寄りたいのか。高まる心が乱れ、自分でも判然としない。

「あ、あぁっ……」

のけぞった視界の端に、『獅子吼』の赤い柄巻が見えた。輝いているような鞘が薄闇の中で滲み、こみ上げてくる涙をこぶしで押さえる。

ぐっと、質量のあるものがねじ込まれ、しばらくぶりの身体は衝撃に怯む。

「保穂」

こぶしを引き剝がされる。

「あっ、ん……やっ……」

保穂の反応を確かめるように、太い屹立が沈み、掻き分けるようにこすり上げられる内壁の感覚に喘いだ。

忘れたつもりになっていても、身体は覚えている。

夢に見るほど、抱き合いたかったのだ。会えない間ずっと、コンラートの無事を祈り、商売の成功を願い、どうか心変わりをしないで欲しいと、夜空の星に頼んだ。

同じ空を見ていると感じることだけに、夜毎《よごと》の寂しさは慰められた。

「クーノ」

両手を差し伸ばして、逞しい男の胸に触れる。張り詰めた肌はしっとりと汗をかいていた。

「苦しいか」

身体を繫ぐたびに繰り返される問いかけに、いつもなら首を縦に振る。でも、今夜は左右に振った。

「嘘をつけ」

「……いいんだ……。苦しいぐらいが、いい……」

ずっと待っていたのだと、見つめ合う視線で訴える。腰を揺すると、コンラートが眉をひそめた。

そして、おもむろに腰を激しく動かす。がくがくと揺さぶられ、保穂はたまらずに声を振り絞った。

「あ、あんっ……あ、あぁっ……ぁ」

滾った肉欲に身体の奥を突き上げられ、頭の中が真っ白になっていく。コンラートと積み上げた快楽の記憶が渦を巻き、保穂をいつまでも初心なままにはしておかない。

肘をつき、上半身を起こしてくちびるを求めた。ねっとりと舌が絡み合い、コンラートの熱が保穂の中でまた一回り大きくなる。

「……ん……ぁ。はぁっ……ぁ……」

ぎっちりと肉を詰め込まれた下腹の苦しさに、保穂は喘いだ。息が乱れ、快感にさらされた身体のコントロールが効かなくなる。

「こんなに窮屈なのは、『獅子吼』のせいか？」

繋がったままで保穂の身体をひっくり返し、後ろから腰を摑んだコンラートが出し入れを始める。ずるりと抜けた屹立は、抜けきる前にずくっと保穂の肉を貫いた。

背筋が痺れるほどの悦楽が保穂を翻弄《ほんろう》する。

四つ這いになった上半身を支えきれずに崩れ落ちると、先端の当たる位置が変わった。また新たな気持ちよさが、うずうずと太ももを這い回り、腰を取り巻き、鼻から抜けていく声が止められなくなる。

淫らだと自分でも思う。そんな姿をコンラートにさらしていることがみっともない。でも、虚勢を張れるほど生易《なまやさ》しい快感ではなかった。

理性が引き剝がされ、また欲望が目を覚ます。

「クーノ……。僕は……っ」

本音がくちびるから這い出して、もう止まらなくなる。

「失いたく、ない……。あなたを……。クーノ……ッ」

失敗すれば、壱太郎もコンラートもいなくなる。これが初めての憑き物落としだ。絶対に成功するなんて言葉は、単なる慰めでしかない。

「泣けよ。保穂」

激しく穿ちながら、コンラートが唸った。

「それでも、君はやるだろう。私もついていく。だから……」

「あぁっ……」

身体を引き起こされ、結合がまた一段と深くなる。これ以上はない。常にそう思うのに、抱き合うたびに快感は新しく、そして強くなっていく。

「クーノ……っ、奥が……っ」

「あぁ、痙攣《けいれん》してる。気持ち良すぎるんだろう？」

「はぁっ……はっ……」

「私もだ、保穂」

下から突き上げられ、のけぞりながらコンラートの髪に指を潜らせた。

「あぁっ……来る……っ。来るっ」

ぞくぞくっと四肢が震えた。どこもかしこも緊張して、保穂は身を屈める。あぐらをかくコンラートの膝の上に背を向けて座り込む形で、自分の欲望を摑んだ。

この男を守らなければ、すべてを失う。

その恐怖とおぞましさを想像してもなお、股間の熱は萎《な》えなかった。ただ、これを最後の行為だとは思いたくない一心で目を閉じる。涙がこぼれ、

「怖い……。クーノ、怖い……」

繰り返しながら熱を追う。後ろから回った手が、股間をしごく保穂の手に重なった。

「『初めて』は誰だって怖いものだ。私がいる。こうして寄り添っているじゃないか」

耳元でささやかれ、首筋にくちびるが這った。

肌を吸われた保穂は、腕に身体を押さえられ、もがいた。快楽の頂点へ駆け昇るコンラートの激しさに、呼吸が乱れて身悶える。

「どうして、君は……。きれいだ。とても、きれいだ。保穂……」

名前を呼ばれ、涙がまたこぼれた。

本当にきれいだろうか。快感に勝てずにこんな痴態をさらして、身悶えている。あさましいと思えるのに、保穂を見るコンラートの瞳にはいつも、疑いようのない欲望と恋情が燃えている。

腰がまたぞくりと震え、体温が上がった。

「やっ……ん」

「保穂。……保穂」

家族という枠の外にいる誰かから名を呼ばれ、これほどまでにせつなくなるとは知らなかった。そして甘くけだるく満たされていく。

柔らかくぬめった内壁に、コンラートの精が弾《はじ》けた。

「んーっ、ん……ぁ、あぁ……」

身体の奥へと注ぎ込まれ、保穂も熱を解放する。腰ががくがく震え、抱きしめられたまま、くったりと背中を預けた。

「……だめ……」

腰を揺らし続けようとするコンラートの腕から這い出ると、深々と収まっていたものがずるんと抜ける。その生々しさに目眩を感じながら、保穂は枕元の手拭いを取った。

肌寒さを感じていた部屋は熱気に満ち、何度も快感にさらされた肌は汗で濡れている。

自らの精液を受け止めた手を拭い、身体を拭く。

「何もかも終わったら、身ひとつで屋敷へおいで」

この期に及んでも緊張感のない言葉に、保穂は笑いながら振り向いた。

額に張りつく金色の髪を掻き上げたコンラートは、横臥《おうが》したまま、保穂へと手を伸ばしてくる。いつも見上げている青い目を見下ろすのは新鮮だった。

「壱太郎は親任せだろう？　君は羽を伸ばせるはずだ」

「何をするつもりですか」

じっとり睨みつけてやると、保穂の手から手拭いを抜き取って笑う。

「決まってるじゃないか。三千世界の烏《からす》を殺し、主と朝寝がしてみたいってやつだ。朝の光の中で喘ぐ君は……」

「ほんっとうに、あなたは、言葉が上手ですね」

できる限りあてつけがましく嫌味に言ったが、コンラートは笑うばかりで気にも留めない。

「保穂。後始末を手伝ってやる」

「いいです。自分で……」

「今日は、いつもよりずっと深くに出したんだ。一人では無理だろう」

嘘だと思った。でも、もう少し寄り添っていたくて、膝立ちで迎え入れる両腕の中におとなしく身を委《ゆだ》ねた。

「……『獅子吼』が鳴っている」

指で残滓《ざんし》を掻き出されながら、鍛えられた腕にしがみつく。身体の中からどろりと体液が溢れ出て、寝具に敷いた手拭いの上に落ちる。

淫猥な感覚に震える身体を、下心のない腕で強く抱きしめられた。保穂の耳に、そっとくちびるが押し当たる。

「時間なんだろう」

コンラートが言ったが、どちらとも離れがたかった。

でも、いつまでもこうしてはいられない。思い切った保穂は身を離し、裸のままで獅子吼を摑んだ。

柄を握ると、鞘が動く。

ぬらりと光る刀身が目の前に現れ、保穂は静かに息を吐きながらあごをそらした。

獲物を求め、手にした霊刀が猛《たけ》っている。

いつもはりーんと尾を引く耳鳴りが、りぃん、りぃんと短く繰り返されるのも出番を待つが故だ。

「行こう。クーノ。着物を着せますから、下着をつけてください」

刀を鞘へ戻し、保穂は背筋を伸ばした。

やるべきことは『獅子吼』が教えてくれる。その確信を得て、心細さはなくなった。

そして、心の中にあった恐怖もまた、コンラートがきれいさっぱり拭い去ってくれている。

金色の髪を両手で掻き上げる仕草を男っぽくて素敵だと思いながら、保穂は静かに目を伏せた。どんな非常事態にあっても、日常はこうして流れていくものだ。

ふとした瞬間ごとに感じるそれこそ、魔を絶つための、最も重要な心構えになる。自分たちが繰り返す営みこそが日常であり、それを乱す彼らこそが異分子なのだ。

「きれいだな、保穂」

下着をつけたコンラートにささやかれ、保穂は素直に笑ってみせた。

「碧い眼の人には、そう見えるんです」

答えながら、コンラートの求めに応じる。短いくちづけは、挨拶のようでいてそうじゃない。

ほんの一瞬のふれあいの中にも、身悶えしたいほどのきらめきがある。

「君が好きだ」

「あなたが好きです」

同時に言った二人は、これから起こることを想像しないようにして笑い合う。そして立ち上がった。

8

『祓い堂』は簡素な造りの小屋だ。出入り口はひとつで窓はない。高さのある壁の一部分に小さなビードロがはめられているが、曇天と日暮れの時刻が重なったこともあり、暗い中でどこがそれなのかは見えなかった。

四畳半ほどの板敷に、畳が一畳分敷かれていて、熱でぐったりしている壱太郎を抱いたコンラートが座る。保穂は斜め手前に置いた円座に腰を下ろした。

三人の白い着物が半兵衛の持つ灯りに浮かび上がる。だが、半兵衛が外へ出ると、小屋の中は暗闇に包まれた。

扉に手をかけた友重が、

「朝が来たら、壁のビードロから光が入る。そうしたら、最後の瞬間だ。いいな、保穂」

屋敷を出る前にも言ったことを、また繰り返して念を押す。不安を見せまいとすればするほど、友重の本心はいよいよ露呈する。

「すべてが終わったら出てきなさい。お前の判断に任せる」

「わかりました」

保穂は硬い声で答えた。

これから本殿では祈禱《きとう》が始まる。友重と半兵衛が交代で、夜通し祝詞を上げるのだ。

保穂は立ち上がり、閉じていく扉に手を添えた。暗闇の中を手探りで辿り、かんぬきをかける。

小屋の中はしんと静まった。外の音は小屋をきしませる風の音しか聞こえない。それに、壱太郎の浅い呼吸が入り混じる。

目を閉じても開いても、たいして差がないほどの闇だ。まだ目が慣れないせいかと思いながら、保穂は扉を背にした。

両手で持った『獅子吼』はずっしりと重い。

柄を握り、ゆっくりと引き出す。波打つ地鉄に絡んだ薄青い炎がつやつやと光り、小屋の中が仄明《ほのあか》るくなる。

この炎が見えるのは、保穂だけだ。

初めて『獅子吼』を抜いた後、しばらくはコンラートも見たのだと思っていた。ふとしたときに同意を求めたら、油で濡れているように見えると言われ、自分だけが目にできるのだと悟った。

「クーノ。炎が見える？」

刀剣の向こうにいるコンラートに改めて問うた。

　小さな子供を抱きしめてうつむいているコンラートが顔を上げた。まっすぐに前を見たが、保穂がどこにいるのかはわかっていない。

「私には何も見えない。鞘から抜いたのか」

「うん。僕からは二人が見える」

　刀身を下げてコンラートへ近づき、鞘の先を差し伸べた。そっと足元に触れさせると、コンラートの手がそれを摑んだ。

「持っていて」

「わかった」

　鞘を引き寄せたコンラートは、膝の下に敷くように置き、常に硬さを感じられるようにする。何かに触れているという安心感は、人の心の均衡を保つのだ。

　保穂は円座近くに戻り、『獅子吼』を床に突き立てて座った。

　それもまた作法だ。触れるたびに『獅子吼』は語ってくる。それは言葉でも映像でもない。知識という名の記憶だ。

　気づいたときにはもう知っていて、それが当然だという気持ちになる。

『獅子吼』の炎はゆらりゆらりと揺れた。やがて、光が弱まり、小さな点滅へと変わっていく。

　それを言葉にしてコンラートへ伝えながら、保穂は乱れがちな息を整えた。何が起こるのかわからない不安と、『獅子吼』の炎が消えたら暗闇になってしまう焦りのせいだ。

「保穂。話をしようか」

コンラートの声で現実に引き戻され、保穂はびくりと背を伸ばした。いろいろな状況を想定しているうちに、悪いことしか考えつかなくなっていた。

心に疑心暗鬼が忍び込むとは、こういう状況をいうのだ。

ふっと息を洩らし、丹田に意識を集め直す。

「避暑地のパーティーで、私と一緒にいた女性を覚えているか」

そう切り出され、こんなときにする話だろうかと思う。でも、それをするのがコンラートだ。

「覚えています」

「あのとき、なんの話をしていたと思う」

「それは、わかりません」

「君の話だ。黒髪がとてもきれいでチャーミングだから、ぜひ紹介してくれと言われたんだ」

「そういうふうには見えませんでしたよ」

二人はまるで夫婦のように寄り添い、女の手はいとしげにコンラートの頰を撫でていた。コンラートもまんざらでもない様子で相手の腰に手を回していたはずだ。

そのつもりはないのに声が沈んでしまい、保穂は顔を歪める。コンラートから見えないのが救いだった。

「……壱は息をしてますか」

「もちろんだ。……話を変えただろう」

「いえ、気になったから」

「あのとき、気づいたんだ。君は男より女が好きだろうって」

「なんですか。それは」

「だから、気づいたって言ってるだろう。ごく普通の男なら、あんな女に迫られて断るはずがない。君だってうっかり押し倒されてしまうかもしれない」

「よく知りもしない相手です」

低い声で責めるように言うと、

「そこは君らしいけどね」

コンラートの抑えた笑い声が小屋に響いた。

「いま思ってみれば、あのとき、私の中に焦りが生まれた。君を誰にも渡したくなくて、あの子はだめだと断りの文句を並べながら、このままじゃ、自分の気持ちを相手に悟られると思った。それも面倒で、……からかわれたくはないからな。とにかく、ごまかそうとしてたんだ」

「あぁ……」

それで、くちづけをしそうな勢いだったわけだ。

「保穂。そこで納得をするな。まるで私ならやりかねないって相槌《あいづち》だ」

「そう思ったんですよ」

笑いを噛み殺しながら、保穂は肩を揺すった。

「あのとき、私と彼女を見たときの保穂の目に、嫉妬を感じたんだ」

「……」

「そうしたら、たまらなくなった。君は刀剣だけを目的にしてるはずだ。そのためなら、なんでもする。なのに、どうして嫉妬をするんだろうかと、頭の中がひどく混乱した」

「驚いただけです……」

「何に？」

「そんなこと、わかりません。とにかく驚いて、いたたまれないような気がして……」

「君はかわいいよ」

「……クーノ、あなたはときどき、まるで脈絡がない」

「あるよ。私の中ではちゃんと筋が通っている。いまは、きっかけをくれた彼女に感謝している」

「きっかけって……」

あの夜、窓際に置かれた午睡用の寝台で何があったかを思い出す。激しさと快感に揉みくちゃにされた記憶はすでに遠く、だからこそ、保穂をじんと痺れさせた。

恋人同士になってしまった後では、何もかもが甘い感傷に満ちている。

「思い出しただろう」

コンラートも思い出しているのだ。低く艶のある声に、わずかな淫欲の翳《かげ》りが混じる。

小屋の周りで吹きすさぶ風が、ふいに扉をガタガタと震わせた。

二人同時に視線を向ける。身構えたが、風は去ったらしく、何も起こらなかった。

「保穂。怖いか」

コンラートに尋ねられて振り向いた。心臓がばくばくと動き、声がすぐには出てこない。

大丈夫だとは言えなかった。

「私は何も怖くない」

のんきな言葉に振り向くと、暗闇の中に座っているコンラートは保穂のいるあたりを見つめていた。

「いままで、いろんなことがあった。ある国では家の周りを取り囲まれて、あやうく焼き打ちされかけたし、別の国に行く途中では船が嵐《あらし》に巻き込まれた。これよりもひどい風と雨だった。船はひっくり返りそうな勢いで揺れたし、右へ左へ転がって大変だったよ。あれは死ぬと思った」

「……あなたにとっては、それもこれも、ひとつの冒険に過ぎないんですね」

楽観的なコンラートのおおらかさに、保穂は心底から感嘆する。そんなふうに思えたらどんなにいいだろうか。ものごとのすべては自分の手の中には収まらない。けれども、必ず掌握できるとコンラートは信じているのだ。

「いままでは君に会うまでの冒険だった。これは、君に出会ってから初めての冒険だ」

「僕とのことも冒険のひとつではないんですか」

「保穂は大切な相棒だ。二度と離さないと誓ってる」

「知りませんでした」

保穂はやや呆然《ぼうぜん》として答えた。

まるで熱烈な求婚のセリフだ。

「初めて口にしたからな」

コンラートが、どこか照れながら言った。彼らしくない反応に、保穂は黙った。

いまはそんな言葉を聞きたくないと思う。

「保穂。どうした」

「そんなことを言うのは、なんだか不吉だから。嫌です」

「……そういうものか」

コンラートにとっては、これからの未来へ向けた言葉だろう。でも、保穂にはそう取れない。

　何かがひたひたと近づいているのがわかるからだ。

　風が少し弱まっている。それに合わせたように、『獅子吼』の炎が弱まっていく。

　それは、合図だ。

　三人を守るため、『獅子吼』の力は拡散する。目には見えない結界が、小屋の内側に籠目《かごめ》を描く。

　それでも人は恐怖する生き物だ。保穂の心にも隙《すき》はある。だからこそ、妖刀でもある『獅子吼』に選ばれるのだ。でも、その選ばれた使用者も、最後まで精神の均衡を保てるかどうかは確証がない。

　そのことを保穂は知っている。『獅子吼』は命こそ守ってくれるが、精神を保っていられるかどうかは、人次第なのだ。

　保穂はそれを誰にも言わなかった。

　兄にも、半兵衛にも、コンラートにも。

　言えば、誰もが疑心暗鬼に囚《とら》われる。これは初めての儀式であり、『獅子吼』から与えられた資格試験だ。

　保穂は小さく息を吸い込む。コンラートの顔はまだ見える。

「壱の息はありますか」

「ある。大丈夫だ」

コンラートの声はどこまでも伸びやかで、緊張はどこにも感じられない。でも、二人の間にある空気は確かに変化していた。

どちらも何かを感じている。

それぞれの受け取り方に違いがあるだけだった。


しばらくは、そうしていた。

黙り込んでは互いの無事を確認し合い、壱太郎の様子を保穂が尋ねる。そしてたわいもない会話をして、また黙る。

時間はゆっくりと、でも確実に過ぎていた。

夜が深まるごとに風の鳴る音は細くなっていき、扉がギシギシと音を立てた。

『獅子吼』の炎は小さく薄くなり、ただゆらゆらと揺れている。コンラートの座っている畳まで光が届かず、表情はもう見えない。

保穂とは違い、暗闇の中にいるコンラートは、腕の中の壱太郎の温かさが救いなのだと話していた。ときどき座り位置を直すように身体が動き、浅い息を繰り返す壱太郎の向きを変える。

　小さくて軽いとはいえ、ぐったりとしている子供を抱き続けるのは大変だろう。初めはなんてこともないが、疲労はじわじわと蓄積していくのだ。保穂にも覚えがある。

「こえ……、きこえる……」

　か細い声で、壱太郎が言った。

「大丈夫だ。壱。眠っていればいい」

　コンラートが声をかける。その腕の中で、壱太郎が身をよじらせた。

「目がっ！　目が開かないよぅ！」

「壱！」

　コンラートは身を屈め、混乱して泣き出した壱太郎を抱きくるむ。目元に広がった痣のせいで、まぶたは開かない。それは闇に包まれている以上に恐怖だ。

「怪我《けが》のせいだ。一晩眠れば治る。私がいる。兄さまもいるぞ」

「壱太郎。兄さまはここだ。壱」

　円座から這って近づき、コンラートと壱太郎の間に、ねじ込むように手を差し入れた。まさぐるようにして、小さな手を掴む。

「こわい！　こわいよぅ！」

　泣き声を上げながら、保穂にしがみつこうとする壱太郎を、保穂は乱暴に押し返した。

「壱太郎。兄さまはお仕事があります。クーノに掴まっていなさい。信じて大丈夫だから。

クーノは絶対に、壱太郎を離さない。だから、壱太郎も離すんじゃないよ」

もう一度手を取り、コンラートの襟をしっかりと摑ませた。こぶしを握りしめ、髪を幾度となく撫でる。

そのとき、ドーンと大きな音がして、小屋全体が揺れた。まるで地響きだ。

驚いた壱太郎が、ひっと喉を鳴らした。

「居場所が知られたな」

コンラートが小さな声でつぶやく。

「そうでしょうね。でも、予定通りです」

保穂もささやき返した。

「開けなければいいんです」

ドンッと扉が外から押された。明らかにいままでの風の当たり方とは違っている。こぶしがぶつかるように、扉は何度も叩かれる。

ドン、ドンッ。

ドンドンドン。

「ココ、ダァ……。ミィツケタァ……」

ひゅぅ、ひゅぅと、風が細く吹き抜ける音と一緒に、気味の悪い声がした。

「ゴゴダァ……。ゴゴニイル……ゾォ……」

今度は低く唸る声がして、後ろの壁が叩かれる。

右の壁と天井では、爪で掻くような音が動き回り、やがてありとあらゆる場所が叩かれ始めた。

「アケテ……ェ」

「……アゲロヨォ」

「ハイリ、タィ、ハイリタヒィ……。ナカニ、イレテェ……ェェェ……」

開く場所を探しているのだろう。ガリガリと木が掻きむしられる。

おぞましい声が絡まり合うように小屋を包み、コンラートに抱きしめられている壱太郎がガタガタ震え出す。

「アアアアア、アガナイョ……、アガナイョ……」

「アケテ、アケテ、アケテアケテアケテアケテアケテ。アゲロォォォ……」

叩かれるたびに小屋はきしみ、ギシギシと音をさせながら揺れる。保穂も、さすがに不安になった。

もう何十年も使われていないはずだ。もしもどこかが欠けたり穴が開いたりしたら……、後は想像もしたくない。

『風ミサキ』は伝承通り、七人の魔物だ。コンラートと壱太郎を守りながら、保穂一人で多くの魔物を切り伏せることはできない。

できることは、ひとつ。

朝が来て、壱太郎の中にある呪《のろ》いが実体化したとき、それを一刀両断にする。それだけだ。

「壱太郎。大丈夫だ。『獅子吼』が、刀があるから。絶対に中には入れないから」

保穂は小声で語りかける。必死に髪を撫で続けた。

「ト、ダヨ……ト、ダヨ」

「サムイヨォォオ」

「……シメナイデェ……イレテョ……」

「ヒドイ、ヒドイ……」

「……カカァ……カカァ……」

子供のような声は、小屋の周りをぐるぐると回った。

ひたすら泣いているような響きもあれば、妬ましそうに尾を引く悲鳴も聞こえる。

隙間らしきものを見つけるたびに甲高い喜びの声を上げ、中が見えずに怒り狂う。その声は保穂の神経を逆撫でした。

コンラートも同じ思いなのだろう。そのたびに、短く吐き出す息が、苛立《いらだ》ちに変わっていく。

「クーノ」

そっと肩に手を置いて、保穂は身体を寄せた。

「気にしないで」

壱太郎ごと抱きしめながら顔を近づける。苛立ちは彼らの思う壺《つぼ》だ。小屋の中にいる人間を精神的に追い詰め、仲違《なかたが》いさせるつもりでいる。

ふいにコンラートが動いた。くちびるが保穂の頬に押し当たる。

「あなたは……」

「落ち着くんだ。こうすると」

頬を寄せたままで言われ、保穂は静かに息を吐いた。

コンラートなりの緊張があるのだといまさらにわかり、そんな男の強がりをいとおしく思う。怖いだとか不安だとか、気味が悪いの一言さえ言わないのは、保穂以上に言葉の力を知っているからだろう。

それが、世界を巡ってきた男の生き方なのだ。

保穂は黙ってくちびるを与えた。コンラートの精悍《せいかん》な頬に指を添え、口腔《こうこう》内をまさぐる舌の自由にさせる。

そうしているうちに、小屋を取り巻く風が凪《な》いだ。

騒がしかった声も嘘のように消え、板を叩く音もない。

コンラートと保穂も顔を離した。しばらくじっと黙っていたが、やはり無音が続く。

「……終わったのか」

「いえ……」

保穂が口を開いた瞬間だった。

ドォーン！

と一際大きな音が響き、扉に向かって何か大きなものがぶち当たる気配がした。飛び上がるように顔を上げた二人は、同時に扉を振り向く。

「ヨコセェェ……。ワシガ、ミツケタコジャアァァァ」

コンラートには見えていないだろうが、保穂には見えた。扉が外から押され、湾曲している。壊れないのが不思議なぐらいだ。保穂は『獅子吼』に近づき、その柄を握った。

突き立ててあるのを抜こうとしたが、手のひらにビリッと痺れが走り、柄を握っていることさえできない。

『獅子吼』に拒絶され、保穂は扉をもう一度振り向いた。目を凝らすと、湾曲を押し戻そうとする薄青い色が見えた。水面のように揺れる薄布が、小屋の内側全体を包んでいるのだ。

「クーノ。『獅子吼』がちゃんと守ってくれている。扉は壊れない」

声をひそめて言うと、両手で壱太郎を抱きしめているコンラートは薄く笑った。表情には疲労が見え、事態の収束を望む気配は濃厚だ。

保穂も同じ思いだった。姿の見えない現象は、神経が磨《す》り減る。恐怖と不安が入り混じり、鳥肌が収まらないほどだった。

やがて扉への集中攻撃も終わり、また静けさが戻ってくる。

「クーノ。起きていますか？」

深い息遣いに気づいて、保穂は円座から立ち上がる。

「クーノ」

そばに寄って肩を揺すると、コンラートのまぶたが開いた。

「寝てたか」

「おそらく……」

「悪い」

「疲れたでしょう。頑張ってください」

「わかってる。精神的に来るものがあるな。さすがに……」

「僕もです。あなたが一緒だからいいものの、気心の知れない者同士では気がおかしくなりそうだ」

「……気心の知れた、か」

「え？」

眠っている壱太郎を抱き直したコンラートが立ち上がり、畳の上を動き回った。それからもう一度、腰を下ろした。

「身体が辛いなら、横になりますか」

「いや、それは確実に寝てしまう」

「何かあれば起こします」

「だめだ。起きられる自信がない。君ひとりにすべてを背負わせることになったら、悔やんでも悔やみきれない」

「僕は……」

大丈夫ですよと言いかけた言葉を、コンラートの手に止められる。暗闇で探られた膝が、じんわりと熱を生む。

うつむいた保穂はくちびるを嚙み、自分の手を重ね置いた。

「二人でいるのに、どうして一人で頑張るんだ。支えることだけが愛じゃないだろう」

コンラートの声が、つかの間の静けさに優しく響いた。

「あなたほど、恋ごとに慣れていません」

「いま、責めたな」

「いいえ。なんだか、悔しくて……。そんなことを教えてくれた相手がいるんでしょう？」

「続いてないってことは、失敗したってことだ。……君とは失敗したくない。だから、一人で頑張って欲しくないんだ」

「そんなつもりじゃ、ない……。僕は、あなたを守りたいんです。クーノ。あなたが男だってことはわかってるんですよ。でも、僕だって男ですから。愛している相手は全力で守ります」

コンラートの手を握りしめ、保穂はうつむいた。

「……私から見えないと思って……、ずるいぞ」

「そんなことを言うからですよ」

「保穂」

「はい」

保穂の手の中で、コンラートの手が向きを変える。二人は手を繋いだ。

「君が言うように、私は恋をたくさんした。正確には、恋かもしれないと思えるものだ。そうであって欲しいと思ったこともあったし、そうでないことが気楽だと思ったこともある。だけど、本物を知ったいまは、すべてがたわいもない遊びだったと思っている。……私を守ると言った相手は一人もいなかった。保穂。君だけだ」

「……そうでしょうね」

コンラートは強い。背が高くて、体格もいいし、精神的にも柔軟性がある。誰かに守ってもらう必要などどこにもない立派な男だ。

保穂だって、コンラートを弱いと思うわけじゃない。

「この先もずっと、僕だけにしてください」

「もちろんだ。君が離れたくなっても、許さない」

繋いだ手から互いの体温が伝わり、保穂はコンラートの隣に座り直した。


とんとん、と扉を叩く音がする。

小屋に入ってから、どれぐらいの時間が過ぎたのか。暗闇に慣れすぎてしまってわからない。気づかないうちに朝が来たのかと思った保穂は、まだ『獅子吼』が刺さったままなのを思い出した。

終わっていない。確信して扉を見る。

「保穂。私だ。保穂」

友重の声がした。コンラートを振り向くと、首を左右に振るのが見えた。

「もう出てきなさい。何も心配いらないから」

声も口調もそっくりだ。でも友重ではない。三人が出ていくまで、ここには近づかない約束だったはずだ。

「まだ出てきませんか？　保穂さん、保穂さん。早く出てきてください」

今度は、津也子の声だ。

「このままじゃ、壱太郎が死んでしまいます。もう三日ですよ。三日も入ったきりで……」

そんなはずはない。即座にそう思ったが、疑問も湧《わ》いてくる。

さっきの会話からどれぐらい経ったのか、まるで思い出せないのだ。眠ってしまった気がするし、扉の隙間から朝の光を見た気もする。いや、それ自体が夢だったか……。

「かかしゃま」

眠っているはずの壱太郎が、コンラートの腕の上で声を出した。

「壱太郎。壱太郎の声ね。かかさまですよ。もう出ていらっしゃい。かんぬきをはずしてちょうだい」

「ととさまもいるよ。さぁ、壱太郎。早く」

「そうよ、早く。抱きしめてあげるから。……さぁ、早く」

両親の優しい声に反応した壱太郎を、コンラートが抱き止めた。

「壱！　暴れるな！」

「離して、離して！　かかさまが呼んでる！　かかしゃま、かかしゃま」

母を呼んで泣き叫ぶ壱太郎の声にも、コンラートの腕は怯まなかった。顔を叩かれ、髪を引っ張られても、痛いと泣かれても離さない。

「壱太郎。やめなさい、壱太郎」

保穂も必死でなだめた。だが、壱太郎は狂ったようにもがいて泣き叫ぶ。

「なんて酷《ひど》いことをするんだ。保穂」

「やめてください。保穂さんを責めても仕方がないじゃないですか」

「もうすべて終わったんだ。しっかり思い出しなさい。おまえはよくやったよ。私の自慢の弟だ」

「保穂さん、開けてください。私に、壱太郎を抱かせてください」

とんとん、と扉が優しく叩かれる。

その音を聞いているうちに、保穂は混乱した。

自分たちが間違っているような気がして袖を引く。

「クーノ……」

「保穂。何が聞こえてるんだ」

その言葉にハッと息を呑む。

「私には何も聞こえない。君には聞こえているのか」

「兄と義姉《あね》の声です」

壱太郎を押さえながら、保穂は答えた。

「聞こえない。風がまた鳴り始めただけだ」

「三日、過ぎたんじゃ……」

「何を言ってるんだ。一晩も明けてない。騙されるな。……壱太郎！」

立ち上がった壱太郎の腕を掴み、コンラートは手を上げた。顔位置がわからない闇の中で、その手は子供の身体をぶった。

「扉はおまえの兄さまが開ける。それまで動くな！　おまえは兄さまに恥をかかせるのか！」

勢いよく怒鳴りつけられ、泣き声がひくっと喉にひっかかる。

「ううっ……」

嗚咽《おえつ》を洩らす身体を、コンラートが両腕にかき抱いた。膝に抱きあげ、しっかりと抱き合う。

「泣け。泣いていい。だけど、ここにいろ。……どこにもやらない。君は『獅子吼』のそばに戻れ。壱太郎は絶対に離さない」

「はい」

短く答え、保穂は円座に戻る。

とんとん、とんとん、と繰り返されていた優しい音が、やがて激しい連打に変わった。

「開けろ、開けろ！」

友重の声が叫んだ。

「開けてぇぇっ！　返してぇぇっ！」

津也子の声が泣き叫び、

「返せぇ！　返せ返せ返せぇッ！　ギィヤァァァ……」

怖気《おぞけ》立つほどの奇声が響く。それと同時に、風の声が一斉に戻った。

「カエセェ！」

「ナカマ、ナカマ、ナカマ」

「イタイヨゥ……カエリタイヨゥ……」

「アゲテグデェ……ギュヨワエェエ」

壁を叩く音がひっきりなしに続き、狂ったような声は途切れることもない。

それは延々と続いた。攻め手があきらめるか、受け手があきらめるか。ふたつにひとつしかないせめぎ合いだ。

断末魔の叫びが身に沁《し》み込むようで、保穂は両手で耳を覆った。声の中に死んだ二番目の兄がいるのではないかと、考えが一瞬だけ脳裏をよぎる。

「トトサマァ……、カカサマァ……イタイ、イタイ。イタイヨゥ。クルシイ、ヨゥ……、アニサマァ……アニサマァアアアアアアアアアア！」

次の瞬間、闇が訪れた。

風の音と、奇声と、小屋を叩く音の中に、保穂はぽつんと放り出される。『獅子吼』の灯りはかき消えていた。

「クーノ！」

思わず叫んだが、声が返らない。

「クーノ！　壱太郎！」

円座から立ち上がろうと片足を立てたが、その姿勢で止まった。闇に落ちても、位置関係は覚えている。自分の右に『獅子吼』はある。

その長さは刃長二尺六寸六分。目の高さに手を伸ばし、すっと右にずらした。柄が手に当たる。

『獅子吼』の名は、はるか昔、酒呑童子《しゅてんどうじ》を討った源頼光《みなもとのよりみつ》の太刀『髭切《ひげきり》』に由来する。のちに『獅子の子』と名を変えた名刀を模して作られたが、人を斬《き》ろうとすると吼えるように震えてうまくいかない。故に奉納品となった一振りだ。

その記憶が手のひらから、しんしんと伝わってくる。

『獅子吼』が斬るのは、この世のものではないものだ。そうあってくれと願いながら作られた刀だ。

精神を掻き乱そうと荒れ狂う音の中で、保穂は静かに目を閉じた。暗闇の中では、上まぶたが下まぶたに触れただけのことだ。

最後の力を蓄えるために静まり返った『獅子吼』の波動が、ゆっくりと身体中を巡っていく。本当ならこの霊刀は、『風ミサキ』に当たった二番目の兄が握るはずだったのかと思い、それは違うと自ら否定した。

『獅子吼』は代わりなど探さない。

一代に一人。自身が決めた『平坂の者』にだけ、抜刀を許すのだ。

死んだ者が戻ってくることはない。

保穂は自分自身に語りかける。

兄は死に、両親も後を追うように引かれていった。

それでも両親は遠ざけることで守ってくれたのだ。それは神職を継ぐ友重を一人にしないため、二番目の兄の分も二人が生きるため。

そして、いつか戻ると信じた『獅子吼』のために。

りーんと、耳鳴りが響いた。

ギシギシと揺れる小屋の外はいっそう騒がしくなり、怒り狂った奇声が渦を巻く。

夜が明けるのだ。朝が来る。

それを『獅子吼』が知らせた。

目を閉じた保穂は柄を握って立ち上がり、背筋を伸ばす。静かに息を吸い込み、丹田に力を込めて息を吐いた。

呼吸を繰り返して、刃先を板から引き抜く。

どれぐらい待っただろうか。

腹式の呼吸に神経を集中しているうちに、音は何もしなくなった。研ぎ澄まされた神経が、ひゅーひゅーと、冬に聞こえる虎落笛《もがりぶえ》のような風の音を感知する。

それが壱太郎の息遣いだと気づき、保穂はまぶたを上げた。

まっすぐ前を見る。コンラートたちが座っている畳の前に、一筋の光が差し込んだ。ビードロを透かした太陽光の中で、もやが踊っている。

それがゆらゆらと動き、やがて人のような形になった。

壱太郎の身体に巣食っていた『風ミサキ』の呪いが、ようやく仲間の声に応えて姿を見せたのだ。扉を開けようと揺れ動きながら進んでいるそれに対して、保穂は刀を構えた。

目を凝らしているうちに、気が遠くなっていくような感覚がして奥歯を噛みしめる。もやが背の高い一人の男の姿になり、保穂の構える切っ先が惑う。

「クーノ」

誰よりもいとしい男が振り向く。

端整な顔立ち。金色の髪。そして緑青の甘い瞳が保穂を捉《とら》えた。

手にした『獅子吼』がうぉぉぉんと吼えた。風が揺らぎ、コンラートの美しい髪が後ろへなびく。形のいい眉が少し動き、意地の悪そうな笑みを浮かべる。

斬れるわけがないと思った。

そこにいるのはコンラートだ。熱っぽいくちづけで保穂を翻弄し、高原のピクニックで心を盗んでいった。強引で、意地悪で、そして優しい、保穂の恋人だ。

頭の中では幻影だと思っても、もしもを考えると身体が委縮する。幻を斬ったつもりで、それが生身だったら。

もう二度と、あの腕に抱かれることができなくなる。甘い笑顔を見ることも、意地悪の仕返しもできなくなる。

身体ががくがくと震え、構え直そうとする足が力をなくす。

死のう、と保穂は思った。

もしもコンラートを斬ってしまったなら、すぐに自分も命を絶とう。そう決めて、柄をぎゅっと握る。

だが、考えはすぐに変わった。

気がついたのだ。我に返り、保穂は『獅子吼』を見た。美しい刃紋から青い炎がぬらぬらと湧き起こる。

霊刀は冷たく怒っていた。

その由来を思い出し、保穂は腰を落ち着ける。人を斬るのが嫌だと吼えるだけが『獅子吼』ではない。その鳴き声を理解できるからこそ、自分は『平坂の者』だ。

うぉぉぉぉんと、もう一度、遠吠《とおぼ》えがした。

保穂はもう迷わなかった。目をカッと見開き、一歩を踏み出す。振り上げた太刀の重みに任せて、目の前の男を袈裟《けさ》がけに断った。

血しぶきを上げた男は、色のないもやに変わり、その顔はもう判然として誰ともわからない。

もやさえ、すぐに光の中にかき消えた。小屋の中が、静謐《せいひつ》な朝の光に浮かび上がる。

「俺を斬っただろう」

コンラートの声がして、保穂は驚きながら振り返った。

「見ていたんですか」

そう聞くと、

「いや。そう思っただけだ」

といつもの調子で返事が戻る。

「あなたじゃありませんでした。僕の知っている青い目の男は、もっと好色な顔をしています」

そう言うと、コンラートは両足を投げ出し、胸に壱太郎をもたれさせたままで後ろ手に反り返った。

「さすがに疲れた。眠りたい。終わったんだろう」

獅子吼を円座の上に置き、保穂はコンラートに駆け寄る。抱きしめようと伸びてくる手を振り払い、壱太郎を抱き起こした。

「消えてる……っ」

目元を覆っていた禍々《まがまが》しい火傷《やけど》のような痣はなく、愛らしいまつ毛がぴくぴく動く。大きなあくびをして目をこすっている手を、保穂は奪うように摑んだ。

「兄しゃまぁ」

乱暴な態度に怒った声を気にもせず、白衣の袖を肩まで引き上げる。

「ない。クーノ、痣がなくなってる！」

「これは、すごいな……」

のんきにあくびをしながら、コンラートが言う。手のひらが保穂の頰を撫で、顔が近づいた。

「寝ぼけないでください」

ぐいっと向こうへ押しやると、ばったりと仰向けに倒れてしまう。保穂は眠たそうな目をしている壱太郎を、コンラートの上から引きずり寄せる。

「壱太郎。もういいんだよ。これからは、かかさまに抱いてもらえる。ととさまにもだ。友達を作っても構わないんだ！」

保穂の言葉に、何が起こったのかわからないと言いたげな幼子の目がまばたきを繰り返した。

「ねぎらいをくれ。一晩中、壱を抱いてたんだ。もう腕も足も感覚がない」

コンラートがよろよろと起き上がる。保穂の腕から壱太郎を引き戻し、肩にしっかりと顔をつけさせて抱き直す。そうして、くちづけを待つ。

「こんなぐらいじゃ、あなたには、ねぎらいにもならないでしょうに」

本当に欲しいものは、別にあるはずだ。でも、仕方がない素振りで短いくちづけをする。

それ以上は、保穂の方にも火がつきそうだった。

「さぁ、外へ出ましょう」

壱太郎の背中をさすり、コンラートの膝の下に置かれた鞘を握った。『獅子吼』は小気味のいい音をさせて収まった。

もう一度抜いてみようとしたが、びくとも動かない。耳鳴りも響かず、眠ったように静かだ。

疲労困憊《こんぱい》したのは、人ばかりではないのだろう。

「立てるか」

コンラートの膝から下りた壱太郎が、よろりとよろめいた。小さな両足が板の間を踏みしめるのを見て、保穂は扉へ近づく。

かんぬきをはずし、扉を開いた。

小屋を取り巻くように木の葉や小枝が散乱し、まさしく嵐の去った後だ。でも空気は澄んでいた。淀んだ空気も、重い雨雲も、すべては拭い去られ風ひとつ吹かずに凪いでいる。

三人は裸足のままで注意深く外へ出た。ときどき枝を踏んでしまいながら、本殿へ向かう。コンラートが壱太郎を抱こうとしたが、保穂は片手で制した。

飛び跳ねるように先を急ぐ子供の背中が何を求めているのか。コンラートにもわかったのだろう。保穂の隣に並ぶと、両手を空に突き上げ、大きく伸びを取った。

保穂は足を止め、コンラートを立ち止まらせる。着物の乱れを直してやり、自分も身づくろいをする。

「もう、だめですから」

またくちづけようとしてくる恋人を押しのけ、保穂たちを振り返りもしない壱太郎を追う。

「ととさまぁ！　かかさまぁ！　壱太郎です！　壱太郎です！」

本殿の脇を抜けながら、大声を上げる。その声を聞きつけた友重と津也子が転がるようにして階段を下りてくる。

砂利に膝をついた津也子が大きく腕を広げた。差し伸べられた手の間に、壱太郎は迷わずに飛び込む。

「かかさま！」

ぎゅっとしがみつく子供の首筋に顔を埋めるようにして、母親は応えた。子の名を呼んだ声は、保穂たちの耳にまでは届かない。でも、壱太郎には聞こえているだろう。

友重が壱太郎の背に回り、親子三人はひとつの塊になる。

こみあげる涙をこらえた保穂は、本殿から出てくる半兵衛に深くお辞儀《じぎ》をした。同じように頭を下げる半兵衛はもう泣いている。

保穂も涙を流した。隣に立つコンラートが、泣かないでどうするんだと言ったからだ。

山から吹きおろす秋風が木立を揺らす。

そこにはもう、禍々しさは微塵も存在していなかった。

9

精いっぱいの背伸びで腕を振る壱太郎に向かって、赤く色づいた楓《かえで》越しに手を振り返す。

秋の深まった山の温泉場は、清流のせせらぎが心地よく、木々の色も申し分ない。紅葉《もみじ》の錦とはよく言ったものだと、保穂は感慨深く川向かいの山を眺める。

壱太郎の隣には友重と津也子が並んでいて、はしゃぐ子供が転びはしないかとひやひやしながら笑い合う。

特に津也子の笑顔は、穏やかで美しかった。その柔和な雰囲気に惹《ひ》かれていた自分を思い出し、保穂は三人を見下ろしながらため息をつく。

それは軽やかに転がり落ち、後ろから伸びてきた手によって、ぱたんと窓の木枠へ押しつけられた。

「どういうため息だろうな」

肩に回った腕が丹前越しにもほかほかと温かい。

「いいお湯でしたか」

ちらりとだけ顔を向けると、

「一人ではさびしいだけだ。私が入るとみんな逃げてしまうからな」

「言葉が通じないと思うんでしょう」

「鬼だと思われてるんだ」

「『紅葉狩り』ですか」

能の演目を引き合いに出したコンラートを、改めて振り向いた。

「私は退治しませんよ」

「どうしてだ」

「されたいんですか？」

『風ミサキ』を退けた日から一か月。一度も鞘から抜いていない『獅子吼』は、保穂の部屋に置かれている。それが刀剣の望みのような気がしたのだ。蔵の中では、毎日が味気ない。

「半兵衛さんと一緒に行けばよかったんですよ」

「あの人は、別の宿に泊まっている女性と仲良くなって、お茶を飲みに行った」

「それは、また……」

「見事な社交術だった。見習いたいものだ」

「そう、ですか」

「誤解だ」

コンラートに笑われ、保穂はふいっと視線を外へ向けた。

「仕事の役に立てたいという意味だ」

「説明されなくても、わかっています」

「嘘をつけ。拗《す》ねているだろう」

「いませんよ。それはあなたの願望でしょう」

「そうだ」

窓の障子に手をかけて、コンラートが声をひそめた。

「風に当たって身体が冷えたんじゃないか」

「……クーノ」

咎めるつもりで出した声が、思いのほか甘く震えて嫌になる。

障子を閉めてしまったコンラートに抱き寄せられ、保穂は素直に身体を預けた。くちびるにこめかみを吸われ、両手でコンラートの頬を包む。

身体の大きなコンラートの浴衣と丹前は、旅に合わせて津也子が仕立てたものだ。きちんと寸法も取ったので、身体にぴったり合っている。

「また、子供が狙《ねら》われるのか」

ひとしきりのくちづけの後で、コンラートが言った。

「いつ聞いてくるのだろうと思ってました」

「聞くべきじゃないような気がしてたんだ。でも、避ける話でもないだろう」

「それが、人の心の中にある忌避感情というものです」

「きひ？」

「縁起の良くないことを避けたい、という意味で……」

「あぁ。そうだな」

「でも、クーノは何も聞こえなかったんですよね？」

保穂には人の声に聞こえた音も、コンラートには気味の悪い風の音に過ぎなかったらしい。もちろん、最後に保穂が斬り捨てたもやも見ていないと言う。

「風の音はしてたんだ」

「意外に勘が鈍いですよね」

肩を抱かれたままで保穂は笑った。コンラートのあごの裏に、剃《そ》り残した髭を見つける。

「私は鋭い方だ」

「うそ、うそ。霊感は、ない」

「無神論者でもないぞ」

「でも、何より、自分を信じているでしょう」

一本だけ残されている短い髭を撫でていると、コンラートに手首を摑まれた。

「誘ってるんだろう」

顔を覗き込まれ、保穂は言葉を失う。真っ青な目は、紅葉の山の向こうにあった秋晴れの空よりも深い色をしている。

「どうするんですか」

子供のような問いかけだと口に出してすぐに気づいたが、訂正するのも恥ずかしい。保穂は話を変えた。

「『風ミサキ』はいつかまた吹きます。あれは、そういうものなんです」

「あれだろう。臆病《おくびょう》風に吹かれるってやつだ」

「現実主義ですね、あいかわらず」

「いいや」

精悍な頬を緩ませて、コンラートはいたずらっぽく微笑んだ。

「君のことで頭がいっぱいなんだ。他のことは、どうでもいい」

「あの……」

指が丹前の内側に潜り、帯の結び目をほどいてくる。止める間もなく、浴衣の裾が乱される。

「クーノ」

「少しだけだ」

「何が……。あっ……」

畳の上を逃げたが、背中が窓際に当たって止まる。

「保穂。私は、自分よりも君を信じてる。その黒い瞳と、なめらかな髪と、それから、この肌だ」

髪を梳《す》き、頬を撫で、首筋を辿った指先が浴衣の襟を引いた。

「んっ……」

身を屈めたコンラートのくちびるが鎖骨を舐め、同時に指が胸をまさぐった。見つけ出される前から乱れる息をこらえ、保穂は顔を背ける。

この一か月間だって、何度もコンラートの屋敷へ足を運んだ。壱太郎が一緒のこともあったし、壱太郎を置いて泊まりに行ったこともある。

抱き合い、くちづけを交わし、求められるままに受け入れた。そして、保穂からも求めてきた。

なのに、向かい合う場所が変わっただけで、こんなに恥ずかしくなるとは思いもしなかったのだ。

「い、や……」

胸の突起を指にこねられ、保穂は細い声で抗議する。

「嫌がっているようには聞こえない」

きつく摘まれ、喉がひくっと鳴った。恥ずかしさに肌が上気して、保穂は顔を隠したいと本気で思う。少女のように両手で顔を覆ってうずくまってしまいたい。

だけど、それもできなかった。

帯が取られ、浴衣が開かれる。膝を掴まれて拒むと、くちづけが与えられた。ちゅくっと濡れた音がして、舌が絡む。

「んっ……。クーノ……」

「時間が早すぎるのはわかってる。でも、さっさと裸を見てしまわないと、君は風呂にも付き合わないつもりだろう」

「こんなことしたら、行けない……っ」

「痕はつけない。なんなら、貸し切りにしてやるから」

コンラートは本気だ。

「じゃ、じゃあ、先に行こう？　ふ、風呂に……」

「保穂……。無理だろう。こんなになってるんだ」

自分の浴衣を掻き分けたコンラートに手首を掴まれ、その内側へと誘い込まれた。押し当たるものはすでに熱く、下穿きを押し上げて硬くなっていた。

「君もだ。わかってるのか」

コンラートの手に股間を掴まれ、保穂は目をすがめた。欲情に、ずくりと腰が疼く。

「クーノ。いや……」

ゆるめた越中の脇から屹立を引きずり出され、保穂はコンラートから手を引いた。しごかれると、自分でも制御できないうちに、足の付け根や尻の筋肉が痙攣してしまうからだ。

「本当に嫌なのか？　それなら、やめてもいい」

口先だけの優しさは意地が悪い。

「あっ……。ふっ……ぅ……ぁ」

「やめるか？」

「あっあっ……」

コンラートの舌が胸を這い、乳首を吸い上げられてたまらなくなった。して欲しいの一言が口にできず、保穂は戸惑いながらコンラートを押しのける。

それだけで気持ちが伝わるほどには、身体を繋いできたのだ。

下穿きを脱いだコンラートは、何も言わずに保穂の足の間に身を進めた。膝の上に抱きあげられた保穂は、コンラートの首に手を回す。

互いの切っ先が触れ合い、それだけでどちらからともなく息が上がる。

「……あっ、ん。……クーノ……っ」

二本まとめてしごかれると、焦れったさがもつれ合うようにして快感に変わる。保穂は自分からくちづけを求め、返されるよりも先にコンラートの下くちびるへ吸いついた。

コンラートの淫らな息遣いに、興奮が煽られる。

「あの刀は、安い買い物だった。君がついてきたんだから」

「ばかなことを……」

保穂は笑いながら、コンラートの髪に指を絡めた。

青い瞳を見つめながら、ゆっくりと快感の深みへと沈み込んでいく。

「クーノ。あなたの国では『好き』はどう言うんですか」

保穂の問いに、コンラートがささやく。

その発音を真似することはできなかった。コンラートの指が保穂の先端を撫で、くぼみをいじったからだ。

「あっ、やっ……」

コンラートはもう一度ささやいた。その声を聴きながら、保穂は身体を震わせる。

渦を巻いて駆け上がる射精の快感に目を閉じた。

頭の中が真っ白になって、コンラートの甘い声だけが響く。

「挿れないで……」

保穂はやっとのことで懇願した。

「風呂……、……それから、散歩……。挿れないで……」

このままなし崩しにされたら、旅の楽しみがすべてなくなってしまう。

「つれないことを言うな」

「挿れたら、……だめ……」

舌たらずに訴えながら、保穂は自分の手でコンラートを摑んだ。ゆっくりとこすり上げて見つめる。

「だめ……」

まっすぐに見つめる自分の目が、どれほど淫らに濡れているのか。保穂はひそかに自覚する。

手の中のコンラートがビクビクと弾み、質量を増やしていくからだ。それは保穂にとっても喜びだった。

だから、指をなおさら奔放に絡める。

「……無茶を言うな」

困惑した顔で息を乱すコンラートに、

「夜まで、待って……」

保穂はしっかりと釘《くぎ》を刺す。そうしなければ、夜は兄たちの部屋に逃げると、言外に脅したのだ。

「わかった……。君には逆らえない。その代わり、今夜はめいっぱい恥ずかしがらせるからな」

瞬間、保穂の脳裏に、いままでの恥ずかしさが甦る。あれもこれもそれも、気持ちがよくておかしくなりそうなほど恥ずかしかった。

「あ……」

「『嫌だ』は無しだ。……保穂。もっと根元から強くこすってくれ」

言われるままにしながら、保穂はぼんやりと目を伏せた。

夜になって自分を泣かせるだろう昂ぶりを、両手に包み持ってこすり上げる。コンラートの息が乱れ、やがて屹立が大きく震えた。

「挿れてもいいか？」

コンラートの青い瞳が、甘くささやきかけてくる。

本気でないことはわかっていた。コンラートは強引だが、保穂の楽しみを奪ってまで我を通すことはない。お預けの後にあるご褒美の甘さをもうじゅうぶんに知っているのだ。

「……夜に」

保穂は甘い声で答えた。

互いの精液で濡れた手で浴衣を汚さないようにしながら、くちびるを近づけ合って重ねる。ねっとりと絡まり、唾液の糸を引いて離れる舌を惜しく思いながら、保穂は静かに息を吐く。

そして、コンラートに向かって言い添えた。

「クーノにならば、何をされてもいい」

青い瞳が愕然《がくぜん》としたように見開かれ、コンラートはとろけるような笑顔で目尻にしわを作った。

「男を煽るな。抱きつぶすぞ」

そんなことができるはずもない優しい男は、それでも強気なことを言って胸をそらす。

保穂はただ黙って、金色の髪をした恋人の、澄んだ青い瞳を見つめ続けた。

二人はもう一度、くちづけをする。それからまたくちづけを繰り返し、それからもう一度。

そしてようやく、甘い吐息の中で次の行動へ移った。


【終わり】

あとがき

こんにちは。高月紅葉です。

今回の作品は初めてのジャンル『伝奇ホラー』となりました。いえ、ホラーというほどのものでもないですね。なんちゃってフォークロア（民俗学・伝承）です。

設定、場所、時代ともにそのものズバリを書かないようにしました。

というのも、妄想力が逞しすぎるがゆえに、すごい怖がりなんです……。こんな話を書いている場合ではありません。プロットの段階ではいつか書きたかったフォークロアなので、すごくウキウキだったんですが、書き始めてハタと気づきました。

「神社や伝承をそのままずばり書いて大丈夫？」ということに。

もちろん、作中の神社や神剣はフィクションです。でも『怖い話を書く』行為にはいろいろとついて回るものがあると噂に聞くので、いろんなことを少しずらして書くようにしました。

なんてことを一生懸命書いたあとがきは、ついさっき消えてしまったので、もう一度書き直しています。「あの話題（オカルト話）は避ければよかった」と思った先からこれなので、ぐったりです。怖いときはエロいことを考えれば陽の気が強まるらしいので、いやらしいことを考えたいと思います。エロは万能です。

さて、クーノことコンラートは、私の創作活動歴の中でも初めての外国籍の攻となりました。金髪碧眼、素敵ですね。大好物です。

彼はこれからも日本に留まり、保穂と幸せな生活を続けていきます。二人で憑きもの落としを生業にするのも楽しそう。そして、兄嫁は次男を身ごもり、小さな壱太郎は『兄さま面』をして偉そうぶると思います。

そんな未来の物語を想像しつつ、月並みではありますが、この本の出版に関わった方々と、最後までお付き合いくださいましたあなたに心からのお礼を申し上げます。

またお会いできますように。

高月紅葉

日本古来の伝統の具現たる日本刀と怪異、そして浪漫あふれる時代の中生きるキャラクター達。終始とても楽しく描かせて頂きました。
いつも天真爛漫な壱が本当に可愛くて自分で描きながらこんな弟ほしいなぁと思ってしまいました。特にクーノと壱の組み合わせが大好きです！

高月紅葉先生、担当様、そしてあとがきまでご覧くださった読者の皆様。
ありがとうございました！

本作品は書き下ろしです。

ラルーナ文庫

この本を読んでのご意見・ご感想・ファンレターなどお待ちしております。〒111-0036 東京都台東区松が谷1-4-6-303 株式会社シーラボ「ラルーナ文庫編集部」気付でお送りください。

孕《はら》ませの神剣《しんけん》 ～碧眼《へきがん》の閨事《ねやごと》～

2016年9月7日 第1刷発行

著　　　者｜高月紅葉《こうづきもみじ》

装丁・DTP｜萩原 七唱

発　行　人｜曺 仁警

発　行　所｜株式会社 シーラボ
〒111-0036 東京都台東区松が谷 1-4-6-303
電話 03-5830-3474／FAX 03-5830-3574
http://lalunabunko.com

発　　　売｜株式会社 三交社
〒110-0016 東京都台東区台東 4-20-9 大仙柴田ビル 2 階
電話 03-5826-4424／FAX 03-5826-4425

印刷・製本｜シナノ書籍印刷株式会社

 ISBN978-4-87919-973-7